笃赢金融

杨文朴◎著

中国财富出版社有限公司

图书在版编目 (CIP) 数据

笃赢金融 / 杨文朴著 . — 北京 : 中国财富出版社有限公司 , 2021.6

ISBN 978－7－5047－7440－8

Ⅰ . ①笃… Ⅱ . ①杨… Ⅲ . ①长篇小说－中国－当代 Ⅳ . ① I247.5

中国版本图书馆 CIP 数据核字 (2021) 第 095034 号

策划编辑 郝婧婕　**责任编辑** 张红燕　蔡　莹

责任印制 梁　凡　郭紫楠　**责任校对** 张营营　**责任发行** 杨恩磊

出版发行 中国财富出版社有限公司

社　　址 北京市丰台区南四环西路 188 号 5 区 20 楼　**邮政编码** 100070

电　　话 010－52227588 转 2098(发行部)　010－52227588 转 321(总编室)

010－52227588 转 100(读者服务部)　010－52227588 转 305(质检部)

网　　址 http://www.cfpress.com.cn　**排　　版** 宝蕾元

经　　销 新华书店　**印　　刷** 宝蕾元仁浩（天津）印刷有限公司

书　　号 ISBN 978－7－5047－7440－8/I・0326

开　　本 880mm × 1230mm　1/32　**版　　次** 2021 年 7 月第 1 版

印　　张 7.75　**印　　次** 2021 年 7 月第 1 次印刷

字　　数 167 千字　**定　　价** 58.00 元

目录

CONTENTS

开 篇

这是春夏之交的一天上午，中国华商银行金融市场部交易室里，人民币拆借交易员王辉坐在交易桌前关注着银行间市场拆借行情，他刚刚接到一个交易指令：拆入人民币二十亿元。他看到市场波动不大，像往常一样有银行拆出也有银行拆入，隔夜拆借利率维持在3%以下。他站起来活动了一下腰，到茶水间沏杯茶，愉快地和身边走过的同事打着招呼。

当他把茶杯放到桌子上重新坐了下来，抬头一看屏幕，突然脸色大变。就这么一会儿工夫，市场上风云突变，隔夜拆借利率陡然攀升到了5%，而且还在攀升。再定睛一看，市场上几乎全是资金拆入方，资金拆出方寥寥无几。

王辉立刻站起来快步来到处长罗晓桌前，大声说道："罗处，大事不好了！"

罗晓慢慢抬起头："出什么事了，值得你这么大惊小怪。"

王辉慌乱地大声催促："快看拆借行情！"

罗晓把拆借行情版面打开，差点跳了起来，隔夜拆借利率已然攀升到了6%，而且还在走高，资金拆入方像汹涌的波涛扑面而来，资金拆出方却没有一个。

罗晓急促地问道："二十亿拆入了没有？"

王辉懊悔地说："还没来得及做呢。"

罗晓严肃地说："那可要出大事了。"

罗晓急速地浏览了一下新闻及评论，然后站起来说："钱荒，发生钱荒了！赶紧向丁总汇报！"

罗晓带着王辉气喘吁吁地进了丁峰的办公室。

丁峰看到他们跑得上气不接下气，忙安慰说："别着急，坐下说。"

罗晓急急忙忙坐下，简明扼要地把市场突发的情况做了汇报。

丁峰略微沉思了一下说："要拆入的这二十亿资金是资产管理部用来兑付到期理财客户的，要赶紧通知资产管理部，一起想想办法。"

丁峰拨通了资产管理部副总经理谷树的电话。

"谷总你好！有个紧急情况和你说一下。"

"丁总好！你说吧，我听着呢。"

丁峰把市场突发钱荒的情况说了一遍，然后说："根据市场的情况，我们无论给出多么高的利率今天也拆不进钱了，因为市场上根本就没有往外出钱的，所以谷总要有个心理准备，想一想还有没有其他办法。"

电话另一头的谷树听了丁峰讲的情况，立刻急得上了房，不停地拍着桌子大声说："这可糟了！明天就要向理财客户兑付资金，如果不能兑付，客户们可能会到我们的分支行闹事的，这可关乎我们华商银行的声誉啊，到时候没人买我们的理财了。丁总，你能否再想想其他办法？”

“谷总，我真的没有办法可想了，你知道我的客户关系在金融机构，现在是这个银行间市场出了问题，我无计可施啊。我和企业从来不打交道，不然就会帮你找找企业了。”

闻听丁峰讲到企业，谷树心头猛然一动，于是放下电话，用手机拨通了舅舅的电话。

舅舅在电话中知道了华商银行的状况后，不紧不慢地说：“谷树，你别急，我恰好能帮华商银行这个忙，但这个忙不能白帮，我们要很好地利用一下。到时候你听我怎么说吧。”

谷树挂了电话，稍微整理了一下情绪，走向副行长郭守志的办公室。

郭守志听完谷树的汇报，脑门已经微微出汗，虽然在下属面前要保持领导的尊严和形象，但心里急得开了锅。他可以想象得到，如果明天拿不到钱，那些理财客户们的疯狂，他们不仅会到分支行闹事，说不定还会到总行闹事，他们会举着标语、喊着口号，甚至会阻断交通，当然警察会来维持秩序，但这无济于事，华商银行从此臭名远扬，银行监管部门一定会来查处并且追究有关负任人的责任，而自己作为分管理财业务的副行长，难辞其咎，说不定这顶乌纱帽也保不住了。

郭守志腾地从椅子上站了起来，在房间里踱步。突然他停住脚步，转向谷树说：“你是不是有什么办法？”

谷树连忙站起来说："钱荒发生在银行间市场，所以求助于其他银行是没有用的，况且他们也都需要自保。"

郭守志眼睛盯着谷树："你接着说。"

谷树便又说道："唯一的办法是赶紧找一下和我们关系好的企业，看看他们能不能救急。"

郭守志的眼睛亮了一下，用眼神鼓励谷树继续往下说。

谷树继续说："我熟悉的企业不多，刚才和我舅舅说了一下，他是京丰集团的董事长，他说可以商量。但他认为这不是家事，和我谈没有用，必须请您亲自去一趟。"说完眼睛盯着郭守志。

郭守志一听心中暗喜，但不露痕迹地说："好啊，你和你舅舅联系一下，如果方便我现在就可以过去。"

谷树走到办公室外面拨通了舅舅的手机："喂，舅舅，说好了，郭行长想现在就过去。"

"好吧，现在过来吧，我等着他。"

谷树收起了电话，走进办公室，对郭守志说："我舅舅请您现在过去。"

郭守志说："好。你别开车了，坐我的车一起走。"

这是位于总部基地的一栋十八层写字楼，与普通的写字楼没有什么两样。但是从十七层用密码换乘另一部电梯再上一层，出来就是另外一个世界了。

中央是一个露天的四方庭院，一角是一个圆形的养鱼池，十几尾锦鲤怡然自得地游来游去。另一角是一个凉亭，里面摆放着藤椅和茶几，可供六人饮茶聊天。庭院四周种植着一些花和绿植，整个庭院显得生机勃勃。庭院四通八达，可以通往餐厅、健身房、卡拉 OK 厅、棋牌室。庭院北面是最重要的会客厅，进得厅内，迎面是中式的两人坐榻，两个坐榻之间放着一张小方桌。两侧是中式的沙发椅，厅中央摆放着长方形的中式茶几。此刻，有三个人正坐在会客厅里饮茶。

李海天，京丰集团创始人、董事长，面对着客人声音洪亮地说："郭行长，欢迎你光临'屋顶花园'这个小地方，你的到来令我这里蓬荜生辉！"

郭守志，中国华商银行副行长，拱着手回答："应该感谢你的盛情邀请，今天到此是我的荣幸。"

"我这个地方很普通，一点儿也不奢华，但是私密性好，也比较安静，有时候和好朋友一起坐一坐聊聊天很方便。"

"那是，那是，这儿环境优雅且舒服。"郭守志附和着。

郭守志此时心急如焚，迫不及待地张口道："李董事长，我今天来是为了……"

"郭行长，那都是小事，来来来，先品一下这个茶，正宗的大红袍。"李海天首先端起茶杯，然后接着说，"大红袍也叫武夷岩茶，属于乌龙茶，产于福建武夷山。你看，这个茶叶冲泡后汤色橙黄明亮，叶片红绿相间。香气馥郁有兰花香，香高而持久。我的医生朋友告诉我，大红袍茶有防癌、降血脂、抗衰老等特殊功效。"

郭守志也端起茶杯，认真地端详了一下茶水，慢慢把茶杯送到唇边，呷了一口，轻轻咽下去。

“好茶！真是好茶！”郭守志不由得赞叹了起来。

李海天有些得意，又给郭守志倒茶：“郭行长，好喝就多喝几杯。”

郭守志笑眯眯地说：“我今天真是来着了。我觉得茶好还得有懂茶的人，这茶才能喝出妙处。”说完又喝了一口。

李海天又给郭守志续上。

李海天自己也喝了一杯，然后用面巾纸擦了擦嘴唇，对郭守志说：“以茶会友比喝大酒要好，酒喝多了伤身体，还会麻痹脑神经，利少弊多。”

郭守志思忖着，这茶喝了好一会儿了，还没进入主题呢，不行，我不能再等了。

想到这儿，郭守志抬头望着李海天说：“李董事长，你也听说了吧，今天市场上闹钱荒，钱不好借，我行对外付款有些缺口，听谷树说你公司有笔闲置资金。”说完看了一眼坐在下面的谷树。

谷树坐在沙发椅上看着舅舅和郭守志品茶聊茶，也插不上嘴，一直没有开口说话。这时听到郭守志提到“钱荒”，紧接着说道：“舅舅，今天银行间市场上怎么都拆借不到钱，我们行有几个理财产品到期，给客户的赎回资金很多，而我们的备付金不足，持有的债券也抵押不出去，如果资金流动真出了问题，我们行就完了。”

李海天沉默了一会儿问道："郭行长，你们的资金缺口有多大？"

郭守志连忙回答："二十亿。"

"需要用多久？"

"七天就可以，我们的资金很快就周转过来了。"本来两天就够了，但郭守志担心再出其他资金问题。

李海天又沉默了一会儿说："我们公司有一笔销售回款二十亿今天到账了，几天内暂时没有急用，倒是可以借你们行用，不过这个利率怎么算？现在隔夜拆借利率已经突破 10%了。"

郭守志一听说可以借用二十个亿，心里不禁窃喜，忙说："利率好说，在不违反政策规定的情况下一定给你最高的利率。"

李海天微微笑了一下，盯着郭守志的眼睛说："这个忙我帮了，我也想请郭行长帮我一个小忙，不知可以吗？"

郭守志张口就说："李董事长帮了我们这么大的忙，您有什么事情我们责无旁贷。"

李海天指了指谷树说："我姐姐和姐夫都是领导干部，自然对我这外甥各方面要求严格，希望他不断进步，还好这孩子挺上进，请郭行长多多提携。"

郭守志忙说："谷树很优秀，是个好苗子。"

李海天又紧接一步说："谷树作为资产管理部的副总经理，主持工作已经半年多了，也该扶正了吧？"

郭守志心想李海天这次帮了大忙了，如果出了流动性风险，自己作为资产管理部的分管副行长，处罚是逃不过的，再说谷树主持工作这么长时间了，也没有出什么大问题，现在还没听说总经理的位置有备选人，回去跟陆达行长推荐谷树当总经理应该问题不大。于是答应说："我作为谷树的主管领导，我是同意的，回去和我们陆达行长再说一说，扶正应该是没有问题的。李董事长你就等谷树的好消息吧。"

李海天站了起来，握着郭守志的手说："郭行长费心了。"然后拍了拍谷树的肩膀，"你要听郭行长的话，继续努力！"

谷树像吃了颗定心丸一样，发誓说："郭行长和舅舅都这么给力，我一定不会让你们失望的！"

郭守志看了一下手表，现在是上午 11 时。

他十分感激地说："李董事长帮了我行大忙了，但是因为时间紧急，人民银行大额支付系统 17 时 15 分就关闭了，我就不再打扰你了，等钱荒过去，我请你吃饭。"然后又吩咐谷树说，"你留下，抓紧时间帮助公司准备开户和调拨资金的事情，一定好好配合，务必让二十亿资金今天入账。"

他对李海天摆摆手，说了声"后会有期"，就离开了。

01

总经理

这次钱荒持续了半个多月。

其间，有一点儿风吹草动，市场便会风声鹤唳，草木皆兵。以往财大气粗趾高气扬的银行，无论规模大小都战战兢兢谨小慎微，唯恐稍有不慎惹麻烦上身。

钱荒的起因是，市场上爆传有几家银行拆借巨额资金违约，进而出现流动性风险，于是所有银行为了自保，资金只进不出，造成市场上资金流动停滞，而同时央行又发行了一期中央银行票据，进一步导致了市场上资金的枯竭。随后两家政策性银行债券发行流标进一步加剧了钱荒。

后来央行采取逆回购方式向市场注入资金，央行负责人在央视新闻联播中表示，如果需要，央行还会继续向市场注入资金，确保市场流动资金充足。随后几家被传拆借资金违约的银行公开发声辟谣。银行紧绷的神经慢慢松弛下来，市场渐渐回归了理性。

钱荒终于过去了。

华商银行在京丰集团资金的支持下，没有发生流动性问题，按期兑付了理财客户的赎回资金，安然度过了这次钱荒。

郭守志得到了京丰集团的资金支持后就去找了行长陆达，言称没有谷树舅舅的帮忙华商银行危矣，谷树立了大功，要兑现承诺。

陆达没有拒绝，只是面无表情地说了句："等等再说。"

钱荒过去了，郭守志又一次来找陆达。

这期间李海天给郭守志打过两次电话，邀请他去屋顶花园吃饭，他知道李海天请他是为了谷树的事情，因为没有最后落实，所以他婉言谢绝了。

郭守志坐在陆达办公桌的对面，面带笑容地说："陆行长，现在钱荒已经过去了，不知谷树的事您考虑得怎么样了？"

陆达看了看郭守志，胸有成竹地说："我已经考虑好了。"

郭守志依然笑着说："提拔谷树当总经理？"

陆达微微耸了一下肩说："不是谷树，另有他人。"

郭守志心里一紧，忙追问道："是谁？"

陆达往后仰了一下身子，一字一字地说："江遇舟。"

郭守志忍不住问："怎么会是他呢？他不是在英国剑桥读书吗？"

陆达双手放在桌子上，身体微微前倾，笑着说：“他是在剑桥读书，但人家可不是读一辈子，现在已经回来了。”

郭守志此时知道这件事不可能更改了，但他仍不死心，继续追问：“那谷树怎么安排？我已经答应了李海天，这让我太为难了。”

陆达心想，没有经过我同意，你就轻易许诺提拔谷树当总经理，你自作自受吧。

陆达坐直了身子，严肃地说：“谷树弄来了二十亿资金，那是他将功补过。他要是把理财产品的赎回和购买资金衔接好就不会出问题，这说明他能力还差一点，所以他当总经理我不放心。”

陆达说完之后停顿了一下，他知道面子上还是要让郭守志过得去，于是语气缓和了一下说：“当然，我们不能一棍子把人打死，继续培养吧，也让谷树再磨炼一段时间，等以后有机会再提拔不迟，我会记着这件事的。”

郭守志没了言语，告辞后悻悻地走出了陆达的办公室。

江遇舟原来是金融市场部副总经理，两年前为了事业发展，准备出国深造镀镀金，就主动提出停薪留职去英国剑桥读MBA。这件事不仅得到了陆达的批准，而且他临行前和陆达辞行时，陆达还鼓励他好好珍惜这次机会，多学点东西，学成归来为华商银行做更多的贡献。

所以江遇舟从英国归来之后只在家倒了两天时差便前来

向陆达报到。陆达很欣慰地说："遇舟，你留学归来得正是时候。现在华商银行正处于业务大发展的阶段，正是用人之际。你要做好准备承担更大的责任。"

江遇舟兴奋地说："两年没有为华商银行做贡献了，现在回来了，我要大干一场，您说怎么安排我吧。"

陆达欣赏地看着江遇舟，笑着说："你去资产管理部当总经理，怎么样？"

江遇舟张大了嘴巴但没发出声。

陆达接着说："资管部成立好几年了，但一直没有大的发展，总经理之位空缺半年多了，希望你到任之后把资管业务做起来。记住，一要规模，二要收益。好好干，别辜负行里对你的信任。"

江遇舟本来以为还要回金融市场部当副总经理，没想到被安排去了资管部，还直接去当总经理。他顿时觉得全身的经脉被打通，热血沸腾，激动地说："感谢陆行长的信任和提拔，我一定好好干，一定不辜负您的重托。"

任命是几天之后的一个下午公布的。郭守志和人力资源部浩总一起来到资管部，浩总宣布任命，郭守志发表了简短的讲话，主要是向大家介绍一下江遇舟并说了一些鼓励的话。

江遇舟虽然事先已经知道任命的事，但浩总宣布时，内心仍然抑制不住激动。虽然当时郭守志表现得是那么淡然，例行公事一样，可他的眼神是那么失落和愤懑。江遇舟那时处于兴奋状态，这些只是在脑子里一闪而过，他丝毫没有在意。

谷树跟着郭守志进了副行长办公室，他坐在沙发上强压住内心的怒火，尽量装出平静的样子，问：“郭行长，我有点不明白，为什么是江遇舟？”

郭守志摊开双手说：“我也很无奈，这是陆行长的突然决定，我事先一点也不知道。但是陆行长做这样的决定自然有他的道理，我们慢慢体会。”

谷树恳求地说：“郭行长，有没有可能把我安排到别的部门，只要去掉我这个‘副’字就可以。”

郭守志对陆达的决定十分不满，因为这让他很没面子，堂堂一个大银行的副行长，连任命一个自己分管部门总经理的权力都没有，这也太憋屈了，而且他怎么向李海天解释。他有些后悔那天答应得太痛快了，但是当时不答应也不行啊，李海天明摆着是在跟他做一笔交易。不管怎样，没有发生流动性风险，自己躲过了一劫，这还是很不错的结局。但是接下来如何安抚谷树呢？他此刻没有什么好主意。忽然他想起那天陆达说的那番话，咳，不管真假了，先说给谷树听吧。

郭守志打定了主意，咳了一声，语重心长地说：“谷树啊，这次虽然与总经理失之交臂，但你不要灰心，要继续努力。陆行长说了，他对你这次的表现很满意，行里对你要继续培养，你还是后备干部，等有了合适的职位一定会安排你，而且他会记住这件事的。”然后拍了拍谷树的肩膀，笑着说，“你放心，是金子总会发光的，要禁得住组织的考验。”

郭守志的话说到这份上，谷树也不好再说什么，他最后表示服从组织安排，会继续努力。

江遇舟走进总经理办公室，环顾四周，写字台、书柜、文件柜、沙发、茶几、座椅等一应俱全，房间特别干净，显然是认真清洁过了。他坐在椅子上，看了一下写字台桌面，办公电话、电脑和各种文具都放在他习惯的位置上。这显然是有人精心为他准备的，很符合他的要求。

他站起来踱步到窗前，在这里可以俯瞰金融街的街貌，只见行人匆匆，车水马龙。自从那天陆达告诉他提职的消息之后，他一直在想一个问题：陆达为什么提拔自己？听说谷树一直在争总经理这个职位，他舅舅是京丰集团董事长，还拿出二十亿帮助华商银行渡过难关，而且他的父母还是有级别的领导干部。而自己出生在一个普通家庭，父母都是本分的国企干部，他们能够给予的就是教导自己好好学习，多掌握知识，凭本事吃饭，做一个本分的人，除此之外就帮不上什么了。

想来想去他认为还是因为自己的能力。他从一个普通的交易员做到金融市场部的副总经理，没有靠过任何关系，都是自己一点点努力的结果。他深以为出国深造这步棋走对了，看来知识就是力量。千里马难寻，伯乐更珍贵。陆达发现了自己这匹千里马，而陆达就是伯乐，他对自己有知遇之恩，当初出国留学能顺利地得到批准，也是由于陆达的支持。

他暗下决心，不管原因如何，一定不辜负陆达的信任，一定要干出个样来。

几天来江遇舟也一直在琢磨，资管业务与金融市场业务很接近，可以说是金融市场业务的细化，但资管业务也有其特殊性，陆达对此的要求又很高，自己应该从哪里入手呢？从今天开始自己可就走马上任了，要尽快拿出工作计划。对，首先了解资管部的人员状况和业务开展情况，然后再厘清自己的工作思路，最后提出经营计划。想到这儿，他就想找个人聊聊，可部里的人现在一个也不认识。

就在这时，响起了几下敲门声。

江遇舟迅速转身坐到了写字台前，说了声“请进。”

门开了，江遇舟不禁眼前一亮，一个漂亮的女人婀娜多姿地走了进来，年龄大约三十岁，黑色长发，身材凹凸有致，一身黑色的西装套裙行服穿在她身上好像是私人定制的一样，脚上踩一双蓝色高跟鞋。

“江总，您好！我是综合管理处的副处长，我叫那娜。”说着微笑地站到了江遇舟面前。

江遇舟迅速调整心绪，一本正经地回应道：“那娜你好，请坐下说。”

那娜在江遇舟写字台对面坐了下来，说：“江总，我是来问问您，对办公室的布置还满意吗？如果不满意，我们可以马上调整。”说完，一双黑亮的大眼睛忽闪忽闪地望着他。

江遇舟用赞许的眼神迎上那娜的目光说：“很好！就是我喜欢的样子。”

“您喜欢，我就放心了，上午请保洁把整个房间彻底清洁了一下，然后我们处的人把办公家具重新摆放，就等着您来了。”说完抿嘴笑了一下。

江遇舟一直在不露痕迹地打量着那娜，他发现她裸露着的皮肤白皙而有光泽，真是集人们说的美女标准于一身：肤白貌美大长腿。

他忽然意识到自己脑子有点不对劲，于是端起水杯喝了一口水，镇静地问：“我与部里的人还不熟悉，你有资管部全体员工的名单吗？”

“有啊。”说着那娜就伸手递给了江遇舟一份，又马上补充道，“知道您可能需要，所以就给您准备了一份。”

江遇舟接过名单认真看了起来。

资产管理部现有员工五十人。副总经理有两位，谷树和苏子青；总经理助理是庞桐；下面有八个处，处长和副处长共七八个。

江遇舟放下名单说：“我与副总经理和总经理助理还不熟悉，你能给我介绍一下情况吗？”

那娜身体往前倾了一下，声音也小了一点：“苏子青苏总，是去年社招过来的，原来是一家证券公司固定收益部的副总经理，现在分管投资、产品和销售。庞桐庞总分管运营和系统。”她停顿了一下继续说，“现在重点说说谷树谷总，资管部一成立他就是副总，一直分管风险与合规，半年前前任总经理被调走，由他主持工作，直到您来了。”

江遇舟听完之后想，其他人都没问题，都好合作，只是对谷树要动点脑筋，不过他相信没有不能合作的人。

江遇舟也想知道那娜的情况，于是问道："你是怎么回事？原来是哪个部门的？"

那娜直了直腰说："我也是去年社招进来的，和苏子青一批，我应聘的就是综合管理处副处长这个岗位。"

江遇舟略有所思地说："不简单，进咱们行可难了。我知道每年的大学生招聘，报名的人好几万，可名额只有一百来人，有人说进咱们行不但要考试名列前茅，还要和行领导有关系，二者缺一不可。我想社招的情况应该是一样的。"

那娜望着江遇舟没有说话。

江遇舟看那娜没有作声，但他还是想知道答案，于是追问道："你也托了人吧？"

那娜本不想说，但在江遇舟的追问下只好说："我哥哥是银行监管部的副主任，但他没有为我的事麻烦华商银行的任何领导，我是凭自己的本事考进来的。"

"他是你亲哥哥吗？"

"他是我大伯家的儿子，对我可好了，就像我的亲哥哥一样。"

那娜忽然后悔说出哥哥的事，于是压低声音说："我跟行里的任何人都没有说过我哥哥的情况，您一定要替我保密啊！"

江遇舟轻声笑了起来："说好了，我一定替你保密。哎哟，你看咱们的关系马上就不一般了，都有共同秘密了。”

那娜心里微微一颤，马上脸红了，随即转移话题道：“综合管理处就是负责其他处室不管的或者不愿意管的事情，但更重要的工作是给总经理室的人当好助手，特别是当好总经理的秘书。”

江遇舟觉得和那娜聊得很轻松很愉快，但自己还要抓紧时间思考工作上的事情，于是带着笑容客气地说：“谢谢你啊，给我介绍了那么多情况，你去忙吧。”

那娜连忙站起来：“江总，您别跟我客气，有事随时找我。”

江遇舟想先找谷树和苏子青聊一聊，不凑巧他们两人都出去了，于是按着名单把各处的处长和副处长叫过来听他们的汇报。

快下班时，那娜又敲门微笑着走了进来：“江总，咱们部里有一辆车专门接送总经理上下班，过去是谷总坐，从今天开始归您用，我已经和司机肖力说好了。”

江遇舟抬起头，说：“知道了。但我今天自己开车了，一会儿自己走，告诉司机明天早上到我家接我吧。”

那娜轻快地说：“好嘞。”然后走了出去。

谷树离开郭守志的办公室，腿好像灌了铅一样，一步一挪地回到了自己的办公室。这个世界上最难过的事情是，你努力了那么久想要得到的东西，别人一下子就得到了。他怎么也想不明白，为什么陆达提拔了江遇舟。据他了解江遇舟没有什么背景，而自己的背景深厚，又帮助银行渡过了难关，按照惯例，主持工作的副手只要不出意外一般都会扶正的，何况自己这么努力，这里一定有什么原因。他冥思苦想，也想不出答案。

正在这时，那娜敲门进来了。

“谷总，不好意思，我来告诉你一声，咱们部里只有一辆车，从今天开始给江总用了。”那娜知道说这些是得罪人的，但车辆的事归综合处管，她不说也得说，可也得给谷树一点面子，于是走近了说：“谷总，要不从行里再申请一辆，反正咱们部对外的事那么多，一辆车根本不够用，你在行里那么有面子，你说呢？”

谷树一直沉浸在没当上总经理的苦恼之中，没顾及其他事情。现在一听车没得用了，更加苦恼起来，总经理没当上，用车的待遇也没了。他冲那娜摆摆手说：“不用了，其实我喜欢自己开车。”

他猛然想起那娜是个消息灵通的人，于是招呼她再走近一点，小声问：“你听说过江总有什么背景吗？陆行长怎么那么力挺他？”

那娜摇摇头回答：“没听说啊。”

“那就奇怪了。”

“也许是运气好吧。”

“也只能这么解释了，不然说不通啊。”

“谷总，你放心，等你的运气来了，挡都挡不住。”那娜又说，“那不打扰了，我还有点事要处理，就先出去了。”

谷树挥了挥手：“去吧，去吧。”

谷树在办公室里又坐了一会儿，心情仍然很烦躁，于是给李海天打了个电话说现在过去，李海天说：“那你过来吧，一起吃个晚饭。”

谷树打了辆车，直奔京丰大厦。

李海天已经在屋顶花园了。当他看见谷树走进来一副垂头丧气没精打采的样子，连忙问道：“你这是怎么了？遇到什么事了？”

谷树往卧榻上一躺：“别提了，憋屈死了。”

李海天又问：“到底出什么事了，别让我着急！”

谷树坐了起来，把今天的事说了一遍。

当李海天听到谷树说总经理是江遇舟的时候，脸色微微有点变，但立刻就恢复了正常，谷树只顾着尽情地宣泄，丝毫没有察觉。

“总经理的位子应该是我的，我就是不明白怎么一下子变成了江遇舟的？”

“就这事让你这么憋屈呀。我告诉你，任何事情只要不到最后一刻，结局就存在变化的可能。发生变化一定是有原因的，而且任何事情的发生都有其背后的原因，但原因或者真相你有可能永远也不会知道。再说，真相有那么重要吗？就算你最后知道了真相，结果也已经无法改变。没有什么应该不应该的，你没当上总经理，说明你和总经理这个职位的缘分还没到，人们不是总讲天时、地利、人和吗，三者缺一不可。”

李海天看谷树在听，就继续说：“这件事对你来说未必不是件好事，它磨炼你的意志，提高你的心智。再说，谁的人生一马平川，谁的人生没有沟沟坎坎。我从白手起家到现在事业有成，经历过多少困难和艰辛，就像歌词中写的，‘没有人能随随便便成功’，你受到的这点挫折不算什么。”

说到这儿，李海天说：“肚子饿了吧，咱们边吃边说。”说着就带着谷树进了餐厅。

“酒能浇愁，要不要喝点？”

谷树说：“好吧，喝点，来点白的。”

李海天拿出一瓶茅台：“你自己喝啊，我不喝。”

谷树打开酒给自己斟了一杯，一口干了下去。

李海天说：“慢点喝，先吃点菜。”

李海天看谷树情绪平静了下来，又开口说：“明天开始还是照常上班，别跟江遇舟顶牛，要配合和支持他的工作。”

谷树答应着：“我会的。”然后又想起什么说，“这件事先不要和我爸妈说，更不要和柳芸说。”

李海天点点头。

吃完了饭，谷树说：“谢谢舅舅的开导，我知道该怎么做了，我回去了。”

李海天送他到电梯口，拍拍他的肩膀：“尽人事听天命，你还年轻，沉住气。”

谷树出了电梯，心想：“去他的尽人事听天命！”

02

上 任

第二天早上，天气特别好，阳光灿烂，空气清新，路边的树木枝叶茂盛，花儿散发着沁人心脾的香气。人们常说，天气好，心情就好。

江遇舟喜欢清晨的美好与舒适，看霞光慢慢地染红天空，如音符跳动在心湖里。这世间最幸福的事，莫过于清晨醒来便和阳光撞了个满怀。

对于他来说，今天是新的一天，也是生命中重要的一天，一个平凡又不平凡的日子，有希望，有梦想，就会有美好如约而至。

江遇舟一早就到了行里，严格来说，这是他第一天到资管部上班，所以他想比别人来得早一点。

他到茶水间给自己沏了一杯茶，回来把茶杯放在写字台上，然后坐在椅子上，一边浏览着手机新闻，一边嗅着茶香，觉得特别惬意。他虽然不是江南人，但他特别钟情杭州的龙井茶，一年四季都喝。

员工陆陆续续地来上班了，他们互相打着招呼，资管部里热闹起来。

“咚咚咚”，几声清脆的敲门声，门被推开了，那娜走了进来：“江总，早上好！有交办我做的事情吗？”

江遇舟打量了一下那娜，她今天把长发拢在后面扎了一个马尾，还是一身黑色西服套裙，但脚上穿了一双红色的高跟鞋，比昨天还打眼。

江遇舟快速把目光转到她的脸上，露出笑容说：“请通知处级以上干部下午两点在会议室开部务会。”

那娜说：“好的，我马上通知。”

江遇舟随后出了办公室向谷树的办公室走去，经过茶水间的时候谷树端着一杯咖啡正好出来，便说：“谷总，我正要去找你，走，到你办公室去。”

“好，跟我来吧。”谷树引着江遇舟进了自己的办公室，招呼他坐下。

江遇舟开口说道：“昨天下午来找你，你不在。恰巧苏总也出去了，于是就找几位处长聊了聊，了解了解情况。”

谷树忙说：“不好意思，昨天下午有点事，所以早走了一会儿。”

江遇舟诚恳地说：“我刚从英国回来，没承想领导就把我安排在资管部。你在资管部好几年了，情况比我熟悉，我初来乍到，你可要帮帮我。”

谷树心想，你还算识相，知道来拜拜我，俗话说伸手不打笑脸人，那我也客气些。于是说：“江总，我在资管部时间是长了点，但也没有太多经验，不过一般的情况还是了解的，有什么事尽管找我。”

江遇舟说：“我想下午开个部务会，跟大家正式见个面，你到时也讲几句吧。”然后以征询的目光看着谷树。

谷树明白，江遇舟这是想让自己当众表态支持他，刚想拒绝，忽然想起舅舅的话“别跟江遇舟顶牛”，于是假装沉思了一下说：“大家今天要听的是江总讲话，不应该我讲，但如果需要我讲的话，我就简单说几句。”

江遇舟连忙说：“要讲，要讲。”

谷树说：“那就恭敬不如从命了。”

离开了谷树，江遇舟又来到苏子青的办公室，敲门进去，苏子青忙站起来说：“江总，快请坐。”

江遇舟坐下后没有马上说话，而是迅速地打量了一下苏子青，只见她面容姣好，中等身材，不胖不瘦，留着齐肩直发，显得十分干练。

倒是苏子青首先开了口：“听说江总昨天下午找我，真不好意思，去见一个客户了，几天前就约好了。”

江遇舟摆摆手说：“没关系的，我昨天就是来看看你，不要介意。”然后接着说，“部里你分管的处最多，自然事情也多，而且产品销售和投资都是重头戏。”

苏子青恳切地说：“是的，我整天忙得不可开交，江总，你来了给我减减负吧。”

江遇舟说：“能者多劳嘛，我知道你能干，再说我刚来部里情况还不熟悉，你要多担待。”

苏子青也就不再推脱了：“好吧，我听江总的。”

江遇舟随后说：“下午开部务会，谷总讲完之后，你也要讲几句。”

苏子青答应说：“好的。”

下午开会时间到了，江遇舟走进会议室，看见大家都到齐了，于是走到主持的位子上坐下来，轻咳了一声说：“现在开会了。”

刚才大家都在小声议论今天开会的内容是什么，听见江遇舟说开会了，会议室立刻安静了下来，大家的眼睛齐刷刷地望着他。

江遇舟两只胳膊交叉着伏在桌子上，挺直腰板，不紧不慢地说：“今天是我第一次与大家正式见面，也是我第一天正式到资管部上班，在座的各位都比我早到资管部，大家都是老人，我是个新人。”

大家听到“老人”这个词，都不禁轻声笑了起来，江遇舟也跟着笑了笑，然后一板一眼地解释说：“说‘老人’，不是说大家比我年纪大，你们懂得。”

大家又忍不住笑了起来，觉得江总很风趣幽默，见到新领导的紧张心情放松了下来。

江遇舟等大家笑完了，然后严肃地说："言归正传，我们知道，资产管理月通俗的话来讲就是 8 个字'受人之托，代人理财'，这是资产管理的本质，也是资产管理业务的核心。受什么人的委托呢？那就是投资者，包括机构投资者和个人投资者。现在有那么多的理财机构，那么多的理财产品，投资者为什么要选择我们？两个字，信任。而投资者凭什么信任我们，当然凭的是我们历史上不错的业绩，凭的是我们的口碑，也就是我们的声誉。一旦有了口碑，便会口口相传，我们的客户群就会像滚雪球一样越滚越大，理财规模才会越来越大。那么'代人理财'应该怎么做呢？作为资产管理人，我们必须尽到'诚实信用、勤勉尽责'的信托责任，恪守忠诚义务与专业义务。忠诚义务要求我们应当以实现投资人的利益为最终目的，将自身的利益妥善置于投资人利益之下，不得与投资人利益发生冲突。专业义务要求我们应当具备专业的投资管理和运作能力，充分发挥专业管理价值。"

江遇舟扫了一眼，看到大家都在认真听，又接着说，"资管业务这几年发展很快，市场竞争越来越激烈。在各位的不懈努力下，我行取得了不错的成绩，在行业中占有一席之地，开了个好头。但我们不要故步自封，原地踏步，逆水行舟，不进则退。现在行领导要求我们扩大规模、提高收益，为了完成行领导交办的任务，为了资管业务进一步的发展，我愿意和大家一起努力，创造辉煌！"

江遇舟说到这里，有些激动，为了稳定情绪，他喝了一口水，然后说："现在我们要做的工作很多，比如把规模扩大，就要多发理财产品，做好销售，但产品必须首先要设计好，要有好的结构，合适的期限，这样才会吸引投资者。提高收益，就要在投资上下功夫，投资经理要不断提高投资水平，要做出品牌来，要成为金牌投资经理。规模和收益是相辅相成的两个方面，规模做大了，可投资的资金就多了，资金多了，收益就上去了；反过来，投资收益高，吸引的资金就会增加，规模就会扩大。所以这两项工作要同时做，不要轻视任何一个。"

江遇舟稍做停顿，继续说："我们在扩大规模和提高收益的同时，一定要注意合法合规，绝不能踩监管的红线，不然可能会前功尽弃，风控和合规一定要把好关。现在监管部门的监管措施越来越多，要求也越来越严格，所以我们不能光低头拉车不看路，风险和合规处要深入研究监管文件，把监管精神挖深吃透，给予前台政策支持。后台的任务同样重要，保持运营正常运转，不能出差错，要保证做好系统支持，如果需要，随时申请更新升级。"

江遇舟轻咳了一声说："对于我们来说，资管业务是一项不断创新的业务，这就要求我们一定要有创新意识，谁创新做得好谁就会走在市场的前列，我们在创新上可不能当一个'老人'。"

大家听到"老人"这个词，又笑了起来。

江遇舟说：“我今天要讲的就这么多。”然后侧过脸看着谷树说，“谷总是咱们部的老领导，经验丰富，下面请谷总讲几句。”

谷树低着头，一边听着江遇舟的讲话，一边不停地用手转动着笔，这时听到江遇舟点他的名字，就抬起头看着大家说：“我其实没有太多的话要讲，刚才江总讲了许多，我都赞同，要求各个处会后组织讨论，提出自己处的工作计划。”

江遇舟又转向苏子青：“苏总，你也说说你的意见。”

苏子青听到点名，连忙说：“对江总的讲话我也完全同意。只想说一句话，就是希望前、中、后台进一步沟通，互相支持。”说完瞟了谷树一眼。

江遇舟点了点头：“前、中、后台一定要配合好，这个问题我们以后要专门研究一下。其他人还有什么意见吗？”大家互相看了看，没有人说话。

江遇舟最后对几位总经理室的成员说：“总经理室人员的分工暂时不变，几位还分管原来的处室。”然后转向大家说，“你们无论什么时候有什么建议和问题随时来找我，我们一起讨论。散会！”

会议结束后，江遇舟回到自己的办公室，坐下来想，刚才的讲话就是第一次在大家面前亮亮相，因此只是提了一些原则上的要求，好多具体的东西还没讲到，好多具体事情等着去做。不急，一定要让整个部门按照自己的思路走。

散会后，苏子青急急忙忙回到办公室。

她很烦，需要一个人冷静下来好好想想对策。

昨天下午，她接到一个电话后就急匆匆地开车出去了，虽然知道江遇舟会来找她，但没办法，她一定要出去。

打电话约她的人是她原来供职的诚远证券公司资产管理部总经理何强，找她的原因是恒泽公司债券要“爆雷”了。

苏子青一听脑袋就炸了，就像自己触电了一样。

她见到何强第一句话就问：“怎么回事？”

何强赔着笑脸说：“别急，先坐下，容我慢慢和你说。”

服务生送上来两杯咖啡和牛奶。

何强拿起奶杯给苏子青的咖啡里加了些奶，然后用调羹搅拌了几下：“知道你习惯在咖啡里加奶，这儿的咖啡味道不错，尝尝。”

苏子青急得上火，一推咖啡杯，说：“喝什么喝，赶紧说！”

何强这才开口：“中午的时候，恒泽公司给我打电话，说他们不能按时还本付息了。我当即就问为什么，对方说恒泽的大量销售回款一时没收上来，所以要违约了。”

苏子青愤愤地说：“当初你怎么说的，恒泽财务状况良好，产品供不应求，公司前景大好，还款没有问题。那好，我要听听你现在怎么说？”

何强赔着笑脸说：“对方告诉我，这次‘爆雷’属于偶然，恒泽债券的评级是AA，不算低，只是他们运气不好，购买他们产品的几个下游企业一时都没钱付货款。”

苏子青说：“那不行，我们签的是定向资管计划，你们是华商银行的受托人，按照协议你们应该承担责任，何况你们都收了管理费了，得想办法解决，不然我怎么向行里交代。”

何强踌躇了一下说：“如果真的最后成了坏账，我们是要承担责任的，但现在关键是怎么把这一关先渡过去。我反复想了，我这儿暂时没有什么好的办法，还得你们银行先扛一下。”

苏子青坐在办公室冥思苦想也想不出对策。她在想现在最要紧的是这件事向不向江遇舟汇报，如果汇报，江遇舟肯定上火，他来上班第一天就碰到踩雷的事，自己在他脑中的人设立马坍塌，以后就没有好果子吃了。如果不汇报，那么恒泽违约的事一旦公开，江遇舟知道了肯定会说自己隐瞒不报，违反银行制度规定。

苏子青现在是哑巴吃黄连——有苦说不出。要不是去年为了让儿子进启明星幼儿园，她才不会答应投资诚远的定向资管计划，更不会同意购买恒泽债券。

启明星幼儿园是全市最好的幼儿园之一，双语教学，而且有外教授课。上了启明星，就意味着儿子将来能上双语教学的国际学校，以后出国留学简直太容易了。

但是启明星幼儿园太难进了。苏子青为此找了许多人，甚至想谁能帮上忙就一定要给对方好处费，但还是无人能帮得上她，她急得一筹莫展。当时她跟何强也就是随口说了一句，没承想几天后他就告诉她这事有戏。但是他说这事最终成不成还得看她愿不愿意帮一个忙。原来恒泽公司是启明星幼儿园的投资人之一，恒泽当时要发一笔十亿元的债，期限一年，又担心评级不是很高发不出去，于是找到何强。

恰好这时候苏子青跟他说了儿子想上幼儿园的事，他和恒泽公司一拍即合，恒泽的董事长承诺，如果苏子青肯帮这个忙，孩子立马就可以进幼儿园。

苏子青于是鬼使神差地就和何强签了一份委外协议，投资诚远定向资管计划，并且同意购买恒泽债券。她当时也想过风险问题，但觉得恒泽评级还不是很低，再说一年时间也不长，最终还是因为她太想让儿子上启明星幼儿园而同意了。

昨天与何强见面之后，她没回行里，直接回了家。她打了好几个电话，咨询了圈内好几个朋友，都说没有好的解决办法。她又给固定收益处处长曹林打电话问资金池的情况，曹林说不到十个亿，而且已经被安排用来兑付明天到期的理财产品了。

她坐在沙发上绞尽脑汁也想不出办法。

不知什么时候，门开了，她的老公向志勇回来了，他打开灯诧异地说：“咦，原来你早回来了，天黑了怎么不开灯啊？”

苏子青看到向志勇，眼泪流了下来。

向志勇见状赶忙走过去，搂住她："别哭，跟我说说遇见什么难事了？"

苏子青索性大哭了起来："儿子在幼儿园待不下去了。"

向志勇一听也着急起来："告诉我，为什么不能待了？"

苏子青抽泣着把恒泽债券即将"爆雷"的事说了一遍："现在我毫无办法，只剩下诉讼一条路了。你想，如果和他们打起官司，他们还会让儿子继续上幼儿园吗？"

向志勇这才明白苏子青为什么哭个不停，但是这事他也帮不上忙，只能好言相劝："不哭了，别哭坏身体。不行明天就跟江遇舟摊开了说，看看他怎么处理，反正及时汇报了，他也不能把你怎么着。儿子的事你也别多想，人算不如天算，该是他的跑也跑不了，不该是他的留也留不住。"

当晚，苏子青一夜无眠。

回到办公室的苏子青坐不下去了，匆匆来到江遇舟的办公室。

江遇舟看到苏子青满脸愁容的样子，连忙问："苏总，这是怎么了？"

苏子青面有愧色地说："不好意思，去年投的一只债券要违约了。"

江遇舟看着她："哪一只债券，详细说说。"

苏子青把情况说了一遍，然后惭愧地说："江总，真的不好意思，让你上班的第一天就遇到这种事。"

江遇舟听完苏子青的叙述，思索了一下，拿起电话：“那娜，请谷总和庞总现在到我这里来开个短会。”

不一会儿，两人前后脚走了进来。

江遇舟先让苏子青把恒泽债券的情况又说了一遍，然后问：“你们有什么解决办法？”

恒泽债券的事谷树是十分清楚的，当时前台急急忙忙地报上了恒泽债券的项目，苏子青还亲自找到他说这个项目很重要很急，希望风控尽快通过。

要是往常谷树是不会通过这个项目的，因为平时投资债券，一般都是投 AA+ 或以上的债券，为了规避风险，尽可能不投 AA+ 以下的。但是当他看到苏子青着急的样子，就放了她一马。更真实的原因是他得到内幕消息说总经理要调离，而他是继任候选人，于是就想如果他当了总经理，还得借助于苏子青创造业绩，毕竟自己没具体做过投资。但是没承想，他主持工作之后，苏子青非但不支持他，还常常给他出难题，甚至想和他竞争总经理的位子。

想到这儿，谷树不痛不痒地说：“做投资嘛，难免出现失误，做风控也是一样，不可能永远不出风险，只要我们守法合规，遵守规章制度就行了。再说，我们每年都有考核的，谁的责任谁负嘛。”说完扫了江遇舟和苏子青一眼。

苏子青此时无话可说。

江遇舟开会时就发现他们两人可能有矛盾，现在来看还不是一般的矛盾。

他又看着庞桐："你有什么好主意吗？"

庞桐笑了笑："我真的想不出什么好办法。"

江遇舟扫了他们一眼，严肃地说："是谁的责任，谁也逃不过，但现在不是追究责任的时候，而是要怎么安然渡过这个难关。"

他站了起来，在房间里踱来踱去，忽然停住脚步："我想，这件事可以这样处理。"

他回到自己的位子上坐了下来："投资恒泽债券的资金来源于华商银行'睿智理财1号'，这个理财产品过几天就要到期兑付本金和收益，现在资金池里可用的资金没有那么多，所以我们抓紧时间再发一个'睿智理财2号'，用'2号'募集的资金兑付'1号'到期本金和收益。你们看怎么样？"

苏子青立刻眉开眼笑，拍手赞成："这个主意好，可以马上操作。"

谷树也附和着："是个好主意。"

庞桐摇头说："没错，是个好主意，但是离到期日只有一周多的时间了，来得及吗？"

江遇舟不慌不忙地说："来得及，我们先发一个短期的同业理财产品，把缺口堵上，然后再发'睿智理财2号'，时间衔接好就没有问题。"

三个人齐说："无缝衔接。"

江遇舟看他们都同意，也就笑了笑："那就这么办。"又补了一句，"恒泽债券'爆雷'的事肯定要曝光，但是千万不能说我们是踩雷的人，尤其不能让买我们理财产品的投资人知道。”

三个人齐声说：“一定保密。”

苏子青一回到办公室就迫不及待地给向志勇打电话：“老公，问题解决了，咱们儿子可以继续上幼儿园了，详细情况回家再跟你说。”

离开江遇舟办公室，谷树走到茶水间冲了一杯咖啡，然后回到自己的办公室。

刚开完部务会的时候，他脑子里一直萦绕着江遇舟讲话时充满自信的神态，他讲话言简意赅，逻辑清楚，要求明确，第一次亮相无可挑剔。但他认为看一个人的水平如何，光听其言不行，重要的是要看其如何作为。

刚才研究恒泽债券的时候，他发现江遇舟不但熟悉业务，而且思路敏捷、头脑灵活，果然有两下子，自己还真遇到对手了，他不能掉以轻心。

他拿起手机翻看朋友圈，不经意看到一句话：“若要在竞争中取得胜利，一定要知己知彼。”这句话猛然触动了他，他想，对啊，两人过招前一定要知道对方的底细才能取胜。

他打开浏览器，输入了“江遇舟”三个字，有许多条关于江遇舟的检索结果弹出来，但都是重名重姓的人，和想要了解的人没有关系，他很失望。他想，这个人要么真的没有什么名气，要么就是藏得很深。

这时手机收到一条微信，是发小刚子发来的，说小松回来了，约他晚上吃饭唱歌。

谷树这几天很郁闷，正好想宣泄一下，另外也有事找他们，于是回复："OK。"

03

缘 起

江遇舟下班回到家里，脱掉西服，换了一身家居服，觉得轻松了许多。

第一天上班就忙忙碌碌，处理了各种事，虽然身体有些疲惫，但他心情很愉快。他得意于对自己一把手形象的完美树立，特别是想到对恒泽债券的巧妙处置，颇为自得。他完全相信自己能做好总经理这个角色，他不禁开始欣赏陆达行长过人的识人能力，是啊，他提拔自己没走眼，自己一定会干得很好。

他开了一瓶红酒，慢慢自斟自饮起来。他现在特别想身边有个人听他倾诉他的喜悦，分享他的愉快。但是妻子黎蕊不在家去外地写生了。

一想到黎蕊，他的思念之心就不安分起来。望着照片里微笑的她，不禁回想起当时他们相识的情景。

五年前的一天，江遇舟去美术馆看画展，迎面走过来一个女生，他当时完全惊呆了，这个女生简直就是油画《抱陶罐的少女》中的少女本人！这幅画是他最为欣赏的作品，为此他买了一幅（当然不是原版）挂在卧室里，每天欣赏都有窒息的感觉，因为这个女子太美了，有他对美女的所有想象！

就在她与他即将擦身而过的瞬间，他情不自禁地“啊”了一声。女生立刻停下脚步转过脸来问：“先生，怎么了，需要帮忙吗？”

他望着她，有点手足无措，慌乱之中脱口而出：“我认识你。”

她笑吟吟地说：“是吗？”

他感到心里头小鹿乱撞，强作镇静地说：“我就是认识你，你就是油画《抱陶罐的少女》里的女生。”

她咯咯地笑了起来。

他不好意思起来，但他绝不想错过这个认识的机会，错过了会终身悔恨，于是鼓足勇气：“我们可以认识一下吗？我是江遇舟。”

“江遇舟，这个名字很有意思，总会有贵人相助吧？”她抿嘴笑了一下说，“我是黎蕊。”

“能请你喝杯茶吗？”他激动地望着她。

她稍微矜持了一下说：“好吧。”

他们来到了美术馆旁边的茶楼。

他把茶单递给她，她说喜欢喝淡茶，点了一杯黄山毛峰。他点了一杯龙井。很快，服务生就把茶送了上来。

此时的他，心里仍然“突突”直跳，但相比刚才镇静了许多。他望着她说：“自我介绍一下，我在银行工作。”说着递上一张名片，“我虽然不会画画，但喜欢欣赏画，所以常来看画展。”

她接过名片认真看了一下，“中国华商银行金融市场部副总经理”，然后抬起头说：“我是美术学院油画系大三学生，下午没有课，特地来看画展。”

他真挚地说：“很高兴认识你！我觉得油画里的少女就是你，哪儿哪儿都一样。”

她又抿嘴笑了起来：“这幅画正确的名字叫《陶》，是谢楚余1997年初完成的作品。《陶》的创作，源于三个模特，一个青岛人，一个汕头人，一个混血儿。在谢楚余看来，把这三个人身上好看的部分进行重组，这样画出来的人最漂亮。这幅油画一经问世，便以一种中西合璧的美打动世人，后来多次参加海内外的画展，引起了不小的轰动。它也成为中国油画史上被翻版盗印最多的一幅油画。”

他由衷地说：“我特别喜欢这幅画，认识了你，我更喜欢了。”

看着他真挚的样子，黎蕊似乎有点被打动，她想这个人还是满真诚的，但是不知道真实的他是什么样的，她经历过几次被搭讪，最后都没成为朋友。她表面上看起来落落大方，其实内心还是很保守的，在不了解一个人的情况下不会与之做朋友，尤其是异性。

“江先生，银行对我来说就是存款取款的地方，对了，还有贷款，其他就不知道了。你这个金融市场部是做什么的？”

“金融市场是一个钱生钱的地方，每天在这个地方发生许许多多货币之间的买卖交易，有人民币对外币的交易，也有外币对外币的交易，还有借贷的交易。”

“就像股票交易吗？”

“金融市场不包括股票交易，但交易原理是一样的，都是低买高卖。”

“这种交易很刺激吧？”

“当然，每天一上班就处于亢奋状态，赚了钱就会很兴奋，赔了钱就会很沮丧，它要求你随时保持头脑清醒、反应敏锐。”

“你这个职业很有意思，可我干不了。”

“为什么呢？好多人都干得很好。”

“因为我对数字不敏感，算不过账来。再有，我喜欢静。”

“那倒是，画画给人的感觉，就是一个人安安静静坐在那里一笔一笔地画，性子急的还真当不了画家。”

“可不是嘛。”

那天他们聊了好长时间，他想请她吃晚饭，她说来不及了，晚上还有两节课。于是他们互相留了电话、加了微信，但她没让他开车送。

此刻，他拿起手机给黎蕊发了条微信："我今天上班了。你好吗？哪天回来？"

不一会儿收到她的回复："我很好，今天画了一天，还得有几天才能完成作品。你上班累吗？"

"还好，就是一整天忙忙碌碌的，处理了许多事。"

"那你早点睡吧，明天还要早起。"

"好吧，你也早点休息，晚安。"

"晚安。"

苏子青下班就去了超市，买了一堆东西，拎着回了家。

在江遇舟说出解决办法后，她如释重负，一身轻松。这个江遇舟还真有水平，一下子就把这么难的难题化解了，要不然自己受处罚不说，还连累儿子上不了幼儿园。这下一切都好了，今晚值得庆祝一下，于是进厨房忙碌起来。

饭做得差不多的时候，向志勇回来了。他一看到满桌子的菜，就嚷嚷起来："今天是什么节啊，你做这么多菜？"

苏子青拿着碗筷出来："今天是感恩节，也是消灾节。"

向志勇摸不着头脑："不对，感恩节还没到呢，消灾节是什么节？"

"你说我不受处罚，儿子能继续上幼儿园，这不值得庆贺一下嘛。"

"哦，是这么回事啊，那值得庆贺。"

"来来来，今天晚上允许你喝点酒，我也陪你。"苏子青说着打开一瓶啤酒，把杯子斟满了。

“你说问题解决了，是怎样解决的？”

苏子青把下午开会的情况说了一遍。

向志勇听完不由得赞叹起来：“这个江遇舟还真有两把刷子，关键时刻力挽狂澜。”说完举起杯，“好，走一个，庆贺一下。”

“今天是他第一天上班，我就给了他一个大难题。我总觉得亏欠了他，你说我怎么感谢一下呢？”

“我觉得没有必要太刻意地去感谢，毕竟他是部门领导，这也是他职责所在。有些事情是不言而喻的，往后工作上多支持他就可以了。”

“可总觉得好像欠了他人情一样。”

“你这个人很善良，亏欠自己可以，但是不愿意亏欠别人。”

“那你说怎么办？我也得心安呀。”

“那你就找个机会请他吃个饭，你们是同事，也显得自然。”

“行，就这样吧。”

谷树因为没当上总经理，连着好几天心气顺不过来，他不信江遇舟是仅仅凭着个人能力被提拔上来的，背后一定有猫腻。

这天，谷树去见朋友介绍的一位咨询师。现在咨询公司到处都有，但真正做咨询业务的没有多少，相当一部分是做调查业务，也就是做所谓的私人侦探业务，比如调查出轨的丈夫，而委托人主要是中老年女性。

谷树看着咨询师给自己的名片，打量起坐在对面的这个人，只见对方四十多岁，面容消瘦，皮肤较黑，一双狡黠的眼睛注视着自己，他知道对方也在打量着自己。

"你是资深咨询师，请说说有什么过人之处。"谷树打破沉默。

"一是做这行有十多年了，二是从未让客户失望，三是擅长做别人不接的案子。"他回答得简短明了。

谷树觉得这三项都符合自己的要求，可以继续谈下去。

而咨询师从一开始就认定谷树不是为了一般的事情来找他。

"我找你是请你帮我调查一个人的背景，了解他本人及所有的社会关系，他的配偶、父母、岳父岳母，包括同学朋友。"

"这个调查的范围有点大，得需要一定的时间，还有费用会多一点。"

"时间嘛，不是很急，当然越快越好，费用你别担心，我现在预付你 70%，其余的 30% 完成后再付。不过要严格保密，仅你自己知道。"

"好吧，你放心，我们这行也是有行业规矩的。我接受你的委托，今天就开始工作。"咨询师站起来转身走了。

谷树想，这小子雷厉风行，看着还行，但愿很快就有结果。

他端起杯子把剩下的咖啡喝光，起身走出了咖啡厅。

同业理财产品发行顺利，资金按时到位，开始兑付“睿智理财1号”。与此同时也开始发行“睿智理财2号”，头两天申购的人还很多，不料，从第三天开始申购的人突然减少，而且前两天已经申购的人有的还退出了。各家支行行长坐不住了，纷纷向分行行长报告，分行行长立刻给苏子青打电话。

苏子青忙问是什么原因，分行行长说最近在客户中流传通过“睿智理财1号”投资的恒泽债券失败而且血本无归，现在发行的“睿智理财2号”就是为了给“睿智理财1号”填窟窿，所以投资人望而却步，不想申购。

苏子青一刻不敢耽搁，立马向江遇舟报告。

江遇舟上任几天以来，心情一直很好，但听完苏子青的汇报立刻眉头紧皱。

他立刻让那娜通知谷树和庞桐前来开会。

面对着他们三人，他特别想发火，但他知道发一通火无济于事，于是强压怒火说：“上次开会研究恒泽债券时我就强调保密的问题，但还是没保住密，你们说这是怎么回事？”

他们三人互相看了看没有吱声。

“现在出了这么大的问题，你们知道它的严重性吗？”

三人看着江遇舟还是没有吱声。

“这不仅是一个理财产品卖不出去的问题，更是影响华商银行声誉的严重问题，你们知道闯了多大祸吗？你们怎么都不说话了？”

他又开始在房间里踱步。

他知道训他们几句根本解决不了问题，要紧的是尽快想出对策。

如果想不出办法，任凭事情发酵下去，不仅“睿智理财 2 号”发不出去，以后的产品发行也会受影响，自己的总经理位置也悬了。

想到这里，他暗下决心，一定要把这件事情压下去，不能让它发酵。

他回到座位上：“这件事情我们要把它当作危机公关事件来处理，一定要把影响降低到最低。”

他看着另外三个人说：“第一，以中国华商银行资管部名义写一份通告，说我们的投资安全可靠，没有发生任何亏损，希望大家不要听信谣言，对于散播谣言的人我们要追究其法律责任。这件事由苏总负责，以最快的速度发到所有分支行。第二，尽快安排媒体采访，由我出面接受采访。第三，借现在兑付‘睿智理财 1 号’的时机，通过 100% 兑付让大家相信我们没有任何问题。第四，让分支行的理财经理加大宣传力度，告诉大家申购‘睿智理财 2 号’尽可放心，因为它是低风险的理财产品。另外，为每个申购‘睿智理财 2 号’的人准备一份小礼品，因为购买低风险产品的大都是中老年客户，特别是老年人会很在意这份礼品的。谷总去几家大的支行调查一下泄密的事情，查查信息传播的源头。庞桐随时准备为分支行提供各方面支持。”

江遇舟一口气说完了自己的危机公关应对方案，然后喘了口气说：“这些就是我想到的，你们有没有什么要补充的？”

谷树说：“媒体采访要安排有影响力的媒体，然后线上线下一齐发，最好文字和视频都要发。”

江遇舟说：“你的建议非常好，具体的事让那娜来办。”

苏子青扬了扬头说：“时间紧，我派几个交易员下支行帮忙宣传吧。”

“好，我同意。庞桐保证系统顺畅，随时准备为支行提供各方面支持。”说完江遇舟站了起来，“没意见，那我们就马上分头行动吧。”

随后他把那娜叫了进来：“你不是说有媒体想采访我吗，告诉他们现在就可以。还有，你立刻和银行网管联系，说可能有人在网上散布华商银行的谣言，请他们密切关注。”

那娜说了声“马上就办”，转身出去了。

不一会儿那娜回来了：“报告江总，网管说会密切注意，请我们放心。媒体财经纵横说他们马上就到，但希望直播。”

“太棒了，直播效果更好。”江遇舟有点兴奋。

“你看我的着装有问题吗？”

“黑色西装、白色衬衣和黑色皮鞋都没有问题，就是领带需要换一条，你等等。”那娜转身出去，马上又进来，手里拿着一条蓝色领带，领带中间有一只黄色的小船，小船上是白色的船帆。

“前两天逛街看到这条领带，觉得特别适合你，跟你的名字也很配，所以就买了想送给你。”那娜虽然有点羞涩，但她还是走上前去帮他摘掉现在的领带，系上新领带，然后说：“你照照镜子，看看怎么样？”说完笑盈盈地看着他。

江遇舟看着镜子里的自己，在领带的衬托下，立马觉得精气神倍儿足，开心地调侃：“要不要这么帅啊。”

那娜在一旁开心地笑了：“你喜欢就好。”

江遇舟回头说：“喜欢，谢谢你的用心。”

这时候，记者和摄像师敲门走了进来：“江总好，一直就想采访您，感谢您今天给我们这个机会。”

江遇舟连忙说：“接受你们的采访是我的荣幸，应该谢谢你们。”

摄像师安装调试好了机器，把镜头对准江遇舟，然后对记者说：“可以了。”

记者问：“现在银行理财市场如火如荼，不知华商银行对此如何看待？”

江遇舟面对镜头侃侃而谈：“银行理财市场的火爆，说明老百姓生活富裕了，手里的钱多了，同时理财的观念也增强了。‘你不理财，财不理你’，这句话就印证了理财的重要性。随着时间的推移，理财市场会越来越火爆，参与的金融机构和投资者也会越来越多，银行也会更加重视理财业务，当然竞争会更加激烈。”

记者又问：“在这种情形下，贵行有什么发展理财业务的举措呢？”

江遇舟充满信心地回答：“我们华商银行高度重视理财业务，虽然开展理财业务的时间不是很长，但我们有信心进入市场的前列。为此我们会扩大规模，在现有理财产品数量的基础上翻一番，理财资金规模将超过 5000 亿。”

记者又接着问：“理财有没有风险？投资者应该如何选择理财产品？”

江遇舟诚恳地回答：“和其他投资一样，理财也是有一定风险的，所以投资者在选择理财产品时，一定要谨慎和理性，首先就是要选择可靠放心的银行，而华商银行就是值得你们信赖的银行，因为我们拥有一流的专业投资团队，出色的既往业绩，更重要的是我们有对投资者高度负责任的态度。”

在做直播等一系列组合拳的作用下，“睿智理财 2 号”的销售量直线上升。

谷树在几家支行开展调查工作，据理财经理们说，注意到有两个男人不停地找客户聊天，聊过的客户都没有买理财产品并离开了银行，当然这两个男人什么也没买。之后传言就开始了。也有客户聊过之后直接问理财经理是不是“睿智理财 1 号”亏损了，尽管他们得到的是否定的回答，但仍然没买“睿智理财 2 号”。

谷树调看了几家支行的监控录像，吃惊地发现这两个男人竟然是刚子和小松，他们为什么要这样做呢？他立刻把他们俩叫到咖啡厅。

谷树开口就不客气："你们俩为什么到我们支行散播谣言？"

他俩齐声说："是帮你啊！"

刚子说："怎么样，'睿智理财 2 号'卖不出去了吧？"

"怎么是帮我呢，你们是帮倒忙吧！"

刚子说："那天咱们吃饭，你不是说江遇舟顶了你，你的总经理职务泡汤了？你还说'睿智理财 1 号'亏了，现在卖'睿智理财 2 号'堵窟窿。所以我们商量得教训一下江遇舟，让他的'睿智理财 2 号'卖不出去，说不定领导就把他给免了，到那时候总经理不就是你的了吗？"

谷树听完哭笑不得："这是帮我吗？有这么帮的吗？"

小松按捺不住了："姓江的这小子还在直播中说瞎话，我们已经写好了一篇文章准备发到网上，彻底揭露这小子，让他赶快下台给你腾地方。"

至此，谷树才明白这两人的动机。他立刻严肃起来："哥们儿为我打抱不平，想帮我，我真的感谢你们，可你们至少要问问我吧。你们想得也太简单了，以为'睿智理财 2 号'卖不出去江遇舟就得下台吗？而且你们想过没有，这是在毁掉整个银行，砸我的饭碗，银行如果不行了，我的工作也就没了，还提什么总经理呢。"

他们俩这才明白好心办了坏事，事先应该跟谷树通通气。

刚子感到很沮丧："那你说现在应该怎么办吧。"

"别再和任何人说这事了，你们的文章赶紧删掉，千万不能发到网上。"

小松担心起来："那你会不会受牵连，你怎么交差？"

谷树想了一下："我自有说辞，你们就不用管了。但是你们这段时间不要去支行了，免得被认出来。"

谷树出了咖啡厅，开车回银行。他想，幸亏及时找到并阻止了他们，不然文章发到网上，后果不堪设想，他越想越后怕。朋友可以帮你，但也能毁你，尽管有时不是有意的。今后自己这张嘴也应该有个把门的了。

苏子青这几天忙坏了，一天到晚应付分支行的各种诉求，指导他们如何做好宣传工作，还好，功夫不负有心人，"睿智理财 2 号"的销售回到了正常状态。

稍微轻松一些，她才有空想了想泄密的事情，知情人就这么几个，泄密人明摆着就在这几个人当中，但她想不出谁有理由泄密，因为泄密对任何人都没有好处。

她给几个重要的支行行长打电话询问调查情况，他们说内部的人都是不知情的，问题肯定出在外部，但外部也只是有可疑对象，没有任何证据，他们把监控录像发给了她。

她认真仔细地看了这些录像，发现同一天在几个支行里都有同样两个人出现，他们主动与客户交谈，交谈之后客户都没有买理财产品并直接离开了银行。因为录像只有影像没有声音，所以不知道这两个人和客户说了什么，更不知道客户为何离开银行。于是她想让江遇舟看看这些录像，看他有什么解读。

苏子青进了江遇舟办公室，直接就说："江总，有时间吗？想让你看几段录像。"

江遇舟说："发给我吧。"

"好，这就发给你。"

江遇舟打开手机，把每一段看了一遍，很快他也发现了同样的问题："这两个人有点可疑。"

"是啊，我也觉得可疑。"

"查过这两个人吗？"

"查过，这两个人不是咱们银行的客户，他们出入几家支行都没有办理任何业务。"

"这查起来难度可就大了，而且单凭录像，也无法请警方帮忙。"

"江总，你说谁跟咱们有这么大仇恨啊，这是在毁咱们啊。"

江遇舟也在想这个问题，他也没有答案："谁说不是呢。但从事情的发生来看，不像是有预谋的。再有，现在网络这么发达，如果他们在网上发布信息，这传播和影响可就大了去了，可据网管反馈，没有发现任何和此事有关的信息。我们已经很幸运了。"

苏子青由衷地说："江总，你决断及时，采取的措施有效，不然我们麻烦可就大了。”

江遇舟“嘿嘿”笑了两声：“我也是急中生智啊。”

苏子青闻听也笑了起来：“佩服！佩服！”

正在这时，谷树回来了。

江遇舟对苏子青说：“你先去忙吧。”然后招呼谷树坐下。

谷树本来心里有点忐忑，但听见二人的笑声，感觉江遇舟的心情不错，于是坦然地应声而坐。

“谷总，情况调查得怎样？”江遇舟自然地问道。

“情况是这样的。”谷树首先把调查的经过叙述了一遍，然后说，“这件事迄今只有资管部少数人知道，支行的员工都是不知情的，可以排除。外部人里目前只发现两个有点可疑的人，他们同一天出现在几家支行，别的也没发现什么。我感觉这件事特别像是有人捣乱，或者是发泄不满情绪，倒不是想毁我们，不然他们为什么不把信息发到网上？”

江遇舟思索了一下说：“说得有道理。但他们怎么知道我们发行‘睿智理财 2 号’的意图呢？”

“我想这是他们猜测到的，只不过恰巧被他们猜中了而已，我们的秘密并没有泄露。”谷树停顿了一下，又说，“是不是我们得罪了什么人，或者有人对我们的工作不满意？”

对于谷树的叙述和回答，江遇舟还是满意的，但他注意到谷树对那两个人似乎轻描淡写了一些。他想，这件事到此为止了，再查下去也不会有什么结果，还费时费力，反正事情已经平息了，重要的是通过调查这件事让大家知道要维护资管部的形象，要团结一致，不能有二心。

于是他摆了摆手："这件事不用再查了，我们今后要更加注意内外有别吧，商业秘密也是秘密，不要让别有用心的人钻空子。"

谷树悬着的心终于放下了，不然深入查下去，说不定会调查刚子和小松，那自己麻烦可就大了。不查了，就意味着江遇舟放了自己一马。但自己是不会放过他的。

这天下午，谷树应邀回到母校给研究生讲课，他结合自己的成长经历讲了许多职场中的故事，其中还穿插了一些对人生的感悟。讲课结束，正准备离开，一个女生走过来："谷师兄，你讲得太精彩了，特别是你的那些人生感悟对我太有启发了，我想知道你怎么那么成功啊！"

谷树刚才讲课的时候注意到她双手托着下巴，聚精会神地听着，这会儿近距离看她，个子不高，椭圆形脸庞，两只眼睛很大，透着一股青春气息，很可爱的样子。

他停下来回答她："我最多算是小有成就吧，距离成功还差得很远。"

"你如此成功还这么谦虚，真了不起。"女生用崇拜的目光望着他。

谷树心里感到很舒服，于是就有了想聊下去的欲望："你是这个班的学生吗？你叫什么名字？"

"我是这个班的，我叫夏雨晴。"女生说完眨了眨眼睛。

“夏雨晴，这个名字很好听。”

“你什么时候还来讲课？”

“我平时工作比较忙，没有太多时间出来，所以不知道下次什么时候再来了。”

“哦，那太遗憾了。我好想继续听你讲课。能留个电话或加个微信吗？”

“可以。”

夏雨晴又眨了眨眼睛：“太好了，以后有什么问题可以随时请教师兄了，你可别嫌我烦啊，但我不会经常骚扰师兄的。”

谷树连续几天晚上有应酬，回家都很晚，所以开车出学校后没回银行，直接回家了。

回到家看到柳芸已经在家：“你已经回来了。”说着换了拖鞋走进客厅。

“是呀，我今天没事就回来了。你今天怎么回来这么早？”

“下午没上班，给研究生讲课去了。”

“讲什么课呀，你会讲吗？”

他忽然想起夏雨晴：“当然，学生们很崇拜我呢。”

“拉倒吧，我还不知道你有多大能耐。”

“你怎么老瞧不起我？我的能耐大着呢。”

“能耐大，怎么还没当上总经理呢！”

柳芸的话一下子戳到了他的心窝子，他立刻像一只斗败的公鸡耷拉下脑袋。

见他不言语了，柳芸继续说："不是说很快了吗？"

这事谷树已经瞒了好多天了，今天既然话说到这儿索性就明说了："江遇舟当了总经理，我没当上。"

"啊，为什么呀？"

"陆行长钦点的。"

"我说你最近不和我提工作上的事，原来你落选了。我怎么嫁给了你这么个窝囊废！"

谷树的婚姻是父母安排的，柳芸的父亲是他父亲上级的上级，父母原想凭着这门亲事，让谷树的父亲得到升迁，如此一来对谷树的仕途也有帮助。谷树不爱柳芸，但为了父母和自己的前途就顺从了。柳芸长得不漂亮，又很跋扈，因而拖到了三十多岁没有结婚，认识了谷树之后，觉得他长得很男人，比较帅气，于是就嫁给了他。受父母影响，柳芸把仕途看得很重，但自己没什么能力，就把希望完全寄托在谷树身上。她不图他挣多少钱，不把他拴在家里，甚至多晚回家也不责怪他，只要他能升迁。谷树自己对仕途也看得很重，再加上柳芸的原因，所以他做梦都想升职。

谷树没当上总经理，本来就很郁闷，现在柳芸又数落他，他心里充满愤怒，他想骂街，他想大声呼喊，但他不敢，只能拼命压抑自己。他默默地不说话。

柳芸见他不言语，更加生气，数落得更凶。

谷树快要崩溃了，他小声祈求说："你消消气，别发火了，我会继续努力的。"

柳芸有点累了："你就这样没长进吧，好自为之！"说着气哼哼地走进卧室关上了门。

谷树坐在沙发上喝起了酒，他觉得此时只有酒精才能让自己痛快、舒服一点。他不认为自己能力差，也不认为江遇舟比自己强。就是靠关系，谁的关系硬，谁就行。他再一次下决心，一定要当上总经理。

04

白名单

自从恒泽债券“爆雷”以后，江遇舟一直思考委外业务的问题。

银行委外业务，通俗地说就是银行募集的钱太多了自己管不过来，或者中小银行自己没有投资管理能力，进而委托外部资产管理机构进行投资管理。银行作为委托方通过投资资管计划、信托计划、基金专户等与管理人进行产品合作。这些外部资产管理机构大都是证券公司、信托公司、基金公司等，而它们的资金来源大部分也都来自银行的委外资金。

银行在委托外部机构时参考的是合格名单或入围名单，也就是白名单，在名单之内的机构无须再做二次审查，因此外部机构为了能进入白名单拼命施展出十八般武艺，各显神通。某种意义上，白名单体现了各种人际关系，如果要调整白名单是需要有足够的勇气的。

江遇舟让那娜打印了一份白名单，那娜一一指给他看，谁是谁的关系，其中有谷树和苏子青的，甚至还有郭守志的。谁的关系暂且不论，如果这些机构都是合格的机构也就罢了，但是现在看来良莠不齐，有些真是滥竽充数。

那娜关切地问："江总，你真要动这份名单吗？你千万想好了！"

对于那娜的关心，他十分感动，但他心意已决，如果不调整很可能还要出类似恒泽的事情，再发生这样的事，自己将会成为牺牲品。

于是他对那娜感激地笑了笑说："谢谢你。通知他们来开会吧，还有，你也参加，做好记录。"

不一会儿，几个人说说笑笑地进来了。

江遇舟首先说："今天请大家来是讨论一件事情，我们统一思想后再召开部务会。今后无论是总经理室会议还是部务会都要出一份会议纪要，由那娜记录整理，我签发后发给各位。"

大家开始严肃起来。

江遇舟直奔主题："今天我们要讨论的是白名单。"然后扬了扬那份名单接着说，"我研究了这份名单，里面有合格的，也有不合格的，所以我建议对这份名单进行调整。调整名单的目的是防控风险，我们不能再出恒泽那样的风险了，因为责任我们谁都担负不起。现在大家先发表一下意见，如果同意，我们再讨论怎么调整。”

谷树想，调整名单不就是想把自己的关系户加进来嘛，这谁不知道啊，都觉得委外业务有油水，都想分一杯羹，倒也合理，我的关系户不也在里面嘛。于是爽快地举了一下手：“这个名单一年多没调整了，我同意。”

苏子青想，上一次调整名单时，因为自己刚来不久，不好意思争，只把诚远证券加了进去，这次调整倒是个好机会，可以趁机多加几家。于是也立刻举了一下手：“我也同意。”

江遇舟看到谷树和苏子青都举手同意，就把目光转向了庞桐。

庞桐也有自己的小九九，上次调整时，他刚刚被提拔为总经理助理，无力竞争，但这次机会来了，看到谷树和苏子青都举手同意，也连忙举手：“江总，我没意见。”

江遇舟看到和自己预期的结果一样，松了口气：“既然大家都同意，那我接着说一下怎么调整。首先确定一下委外的模式。模式主要有两种，一是投资产品模式，就是通过证券公司资管计划、信托公司信托计划或者基金专户与管理人进行产品合作，该模式的优点就是投资范围灵活、结构多样、可以定制、收益较高，但风险是资产和负债的完全隔离以及管理上的几乎隔离，一旦发生大规模赎回或撤离事件，将会造成较为严重的流动性危机，给各方特别是银行带来损失。二是投资顾问模式，就是委托账户交易发生在我们银行自己的系统和托管账户内，由投资顾问管理人发出债券买卖指令，指导我们的交易员进行操作，优点是省心省力，交易员‘闭着眼睛’就可以完成交易，但风险在于投资顾问的投研水平直接影响交易结果，如果指令错误，后果不堪设想。”

江遇舟喘了口气继续说：“综合这两种模式，我觉得我们还是选择第一种，在第一种模式下我们是主动的，尽管存在流动性风险，但只要理财资金能够滚动发行实现续接，就不会断流，当然钱荒除外。而第二种，主动权掌握在别人手里，我们心里没底，也不利于锻炼我们的交易员提高交易水平。你们有没有不同意见？”

三个人互相看了看说：“没有意见。”

江遇舟看到他们都在顺着自己的思路走，感到一阵轻松，又举手扬了扬名单：“名单里有好几十个机构，太多了，而且好坏掺杂。我们一是要减少数量，二是要重新制定准入标准，不合格的坚决不能准入。我建议券商要从排名前二十的里面选择十家，信托公司从排名前二十的里面选择十家，基金公司也从排名前二十的里面选择十家，原则是宁缺毋滥，而且每年重新审定一次。好，我现在听听你们的意见。”

听完江遇舟的建议，谷树这才明白，他是要做大手术，重新洗牌，谷树有点担心有些机构进不了名单了，难道他真的铁面无私了吗？得投石问问路。想到这里，谷树第一个开口：“江总的设计很好，但是就真的一点也不照顾有关系的机构了吗？比如现在名单里就有几家是郭行长推荐的，我们怎么办？”

江遇舟预先想到有人会这么问，于是胸有成竹地说：“这个问题不难，我们把名单的数量和入围条件确定之后报郭行长批准，我相信郭行长批了之后自己会遵守的，我们不要低估领导的水平。”

苏子青对此并不感到吃惊，因为她知道其他银行的准入都是很严格的，只有华商银行比较宽松，有两家排名前二十的券商找过她几次，他们入围肯定没问题，只是这样一来，排名不占优势的诚就进不来了，它无论在哪个银行申请都很难进得去。于是，她表态道：“就按江总的意见办，我没意见。”

谷树听到苏子青表示同意，思忖了一下，也表示同意。

庞桐看到他们两人都同意了，急忙说自己也没意见。

江遇舟的目的达到了，笑了笑说：“大家都没意见，说明我们的想法是一致的。接下来请那娜带领综合管理处制定准入标准，然后我们确定入围名单。”

待谷树等三人走后，那娜扮着鬼脸伸出舌头：“江总，你真行，我一直捏着一把汗呢。”

江遇舟开心地笑了。

谷树接到咨询师的电话急忙忙地来到咖啡厅，一落座就张口问道：“调查得怎么样？”

咨询师不紧不慢地说：“按照你的要求，我把江遇舟的社会关系全调查了一遍，这是调查结果。”说着递给谷树几页纸。

江遇舟结婚五年，妻子叫黎蕊，毕业于美术学院，是个画家，有一间工作室。他的父母是国企的普通职员，现已退休，不在北京；黎蕊的父亲是峰山脚下一个美术学校的教师，不知名的画家，母亲因身体不好多年前就已离职在家。江遇舟的社会关系里没有高官和知名人士。

谷树看了几遍，虽然没有得到想要的消息，但他还是有些疑惑，直觉告诉他似乎有一层纱在掩盖着什么。他沉思了一下，说："你再多说说黎蕊的情况。"

"黎蕊的工作室原来很小，也没有几个人，一年多前工作室扩大了许多，现在有七八个人，她每天去画室作画，有时举办小型沙龙，去的人基本上都是画家，有时也有看画买画的人，看不出有什么不正常的情况。要说有令人疑惑的事，就是黎蕊频繁地去外地写生，但带回来的作品很少。"

谷树思考了一下，说："从现在开始重点调查黎蕊，看看她经常去哪里，和什么人接触。"紧接着又问了一句，"他们夫妻关系怎么样？"

"比较正常，邻居们从来没听到过他们吵架。"

"好吧，继续调查。"谷树先行离开了。

今天是周六，一大早苏子青和向志勇带着儿子到了游乐场，原以为来得早游人会少，没想到早已人山人海，每一个项目都要排长长的队。苏子青想，早就答应带儿子来游乐场，既然来了就耐心玩吧，反正有一整天的时间呢。

他们先坐了旋转木马，又坐了小火车，然后儿子还要玩摩天轮，于是他们又加入了排队的行列。

这时，苏子青的手机响了，是闺密叶桐打来的：“喂，姐们儿，在哪儿呢？”

“我带儿子在游乐场呢。”

“肯定是一家三口在一起吧，好甜蜜啊。”

“当然了，腻死你。”

“好好好，腻死我，可你也要悠着点哈。”

“说吧，大周六的不让人清闲，什么事？”

“没啥大事，就是很久没见了，想你啦！”

“你呀，没事想不起我来，快说，不说我就挂了。”

“还是见面说吧。”

“那就晚一点吧，下午四点，咖啡厅见。”

“好，祝你玩得愉快！”

挂了电话，苏子青猜想她肯定是为了入围白名单的事。

果不其然，当苏子青到了咖啡厅刚刚坐下，叶桐就迫不及待地问起了这件事。

苏子青说：“是的，我们在调整白名单，但这次的入围条件是行领导亲自批的，特别苛刻，而且江总非常认真，宁缺毋滥。”

“知道，知道，但我们的条件不差啊。”

“信托公司必须是排名前二十的才有资格进入审查范围，而且是从前到后按顺序审查，如果前十名都合格，那么即便第十一名合格也无法入围，因为名额只有十个。”

叶桐听后咂了咂嘴："我的妈呀，这么严格，那我们公司悬了。其实我们公司这几年自打换了总经理发展得越来越好了，去年排名二十一，今年排名到十五了。"

"那就只能寄希望于前十四名里有五家不合格或者不申请了。"

"看来也只能如此了。"叶桐有些沮丧。

苏子青一看她这样，马上转移话题："行了，大周末的不谈工作。说说你最近又谈男朋友了吗？"

提到这个，叶桐立刻兴奋了起来："哎呀，差点忘了把最重要的事告诉你了，我最近新谈了一个，这个人你肯定认识。"

"是谁呀，我怎么会认识？"

叶桐神秘地笑了笑："我问过了，他说认识你。"

"行了，别绕弯子了，他是谁？"

"诚远证券资管部，何强。"

"啊？怎么是他呀，这个世界也太小了！"苏子青不由得惊叹了起来。

"你跟我说说，这个人怎么样？"

何强曾经追求过苏子青，苏子青离开诚远后，他们还时常联系，但主要还是谈业务合作的事情。苏子青心里知道何强对她仍然有意，有时还说些暧昧的话，但她装作不解风情，从来不回应。没想到他现在竟然成了叶桐的新男朋友。

"我和何强以前是同事，工作上接触多一些，但对他个人方面的事情了解不多。只是听说他离过婚，没有孩子，有房有车。”

“我觉得他个人条件还不错，与我年龄也合适，但他人怎么样还不知道，几次见面他都彬彬有礼，可不知为什么我觉得他的眼神有点飘忽不定。”

“也许是和你还没那么熟悉吧，不要急着怎么样，多接触，多了解了解。”

“好吧，听你的，你也帮我了解了解。”

周日，江遇舟忽然想起有段时间没去看望老爷子了，于是去超市买了一袋澳洲脱脂奶粉和一些时令水果，开车去了郊外的疗养院。

老爷子是一位精神矍铄、气宇轩昂的老人，年纪虽大，但腰板挺直，声音洪亮，底气十足。

一次江遇舟开车经过一条街道时，突然发现有一个老人倒在路旁，他立刻停下车朝老人奔过去，发现老人双眼紧闭，脸色煞白，不停地冒汗，他赶忙问老人哪里不舒服，老人没有说话，用手指指上衣的口袋，他打开口袋里面是一板巧克力，他明白老人是低血糖了，于是扶起老人的脑袋放到自己的腿上，掰了一块巧克力塞进老人嘴里，又给老人喂了点水。过了一会儿，老人睁开了眼睛，江遇舟又喂了他一块巧克力。渐渐地，老人缓过来了，开口说：“谢谢你，小伙子！”

江遇舟一看老人没事了，就说：“不用谢，老爷子，您刚才是低血糖了。您现在刚缓过来，我送您回家吧。”

于是江遇舟搀扶老人坐进车里，开车把老人送回了疗养院。

老爷子和江遇舟攀谈起来一见如故，很快就成了忘年交。

江遇舟得知老爷子有一儿一女，都定居在国外，老伴儿几年前也过世了，组织上就安排他住进了疗养院，身边有一个保姆照顾他。

江遇舟拎着东西走进客厅，老爷子一眼就看到了他，高兴地说：“小舟，你来了！”然后喊道，“小李，小舟来了，泡茶！”

“快坐下，你还拿什么东西呀！”

“没拿什么，都是您日常吃的。”

保姆小李端着茶壶过来，一边倒茶一边说：“小舟，你可来了，老爷子念叨好几回了。”

“谢谢李姐。”江遇舟笑着对老爷子说，“我最近太忙了，要不早来了，您别生气哈。”

“年轻人，现在正是你们忙的时候，我理解。我当年比你还要忙，一天到晚没有闲的时候，现在好了，什么心也不用操了。”

江遇舟听到老爷子感慨，于是说：“您那个时候忙的都是大事，我们忙的这点事不值得一谈。”

“不能这么说，金融、银行方面的工作都是重要工作，你要认真去做，可不能马虎。”

“是的，您的话我记住了。”

“来吧，下盘围棋，好久没下了，老规矩，让你两个子儿。”老爷子说着摆好了棋盘。

“好的，我也好久没下了，今天再向您请教一盘。”

两人你来我往地下了起来。

下着下着，江遇舟的一条长龙被围住了，他左腾右挪，使出全身解数，最后勉强做活，但一看自己的实空没有多少，于是认了输。

老爷子“嘿嘿”笑了：“下围棋可不能急躁，要有通盘的考虑。”

“请您指教。”江遇舟谦逊地说。

老爷子喝了口茶，慢慢地说：“围棋的战法通常有两种，一是谋取外势，二是捞取实地。今天我的下法是先取外势，然后再和你拼抢实地，而你上来就捞取实地，我虽然被你吃掉几个子儿，但我的外势做得很厚，你打不进去，所以你今天输了。”

江遇舟说：“老爷子说得对，今天输得心服口服。”

老爷子看江遇舟听得认真，继续说：“取外势和捞实地看似矛盾，实则不然，不能顾此失彼，在取外势的同时也要想着捞取实地，而捞取实地的同时也不能忘了取外势。围棋里蕴含着哲学，真的是博大精深。”

江遇舟顿时觉得思想开阔了许多，他认真地说：“老爷子，我领教了。”

“哈哈，小舟，我只是下棋论棋，不要想别的。”

江遇舟看天色将晚，于是对老爷子说：“天不早了，我就走了，下次再来看您，您多保重。”

老爷子说：“好，你不忙的时候再来。”

05

资金池

江遇舟最近应邀参加了一个银行资产管理业务的研讨会，在会上了解到，现在银行业开展理财业务的银行有 450 多家，银行理财产品规模已然超过 50 万亿元。他认为如此庞大的银行理财规模如果不进行有效的监管，一旦发生问题，就会像一匹脱缰的野马冲击金融市场，使金融稳定性受损，银行也会随之产生各种风险，甚至会影响社会稳定，所以监管部门一定会对其加强监管。但是监管什么，如何监管，监管到什么程度，他不得而知。

果然，研讨会开完不久，银行间就传出一个消息，说银行监管部门要发文禁止对资金池的操作。

资金池是银行资管的一种运作方式，即多个理财产品对应多笔资产。银行以多元化的集合性资产包作为统一资金投资运用的范围，通过滚动发售不同期限的理财产品来募集资金，以动态管理模式保持理财资金来源和理财资金运用平衡，并从中获得投资的信用利差和长期资产短期负债的期限利差。

对于华商银行资管业务来说，资金池运作是最重要的方式，如果真的不能操作了，那么理财业务会受到很大影响。

江遇舟想，要尽快搞清楚这个消息的准确性，并且未雨绸缪，尽早研究出对策，以免到时候束手无策，那可就太被动了。

他把那娜叫了进来，满脸笑容地招呼她坐在沙发上，还问她要不要喝茶。

因为那娜每天都向江遇舟汇报和请示工作，江遇舟也时不时叫她来讨论或布置工作，所以她平时在江遇舟办公室里是很随意的，想坐就坐，想站就站，江遇舟对她也是任随其便。可今天有点怪怪的。

那娜故意说："江总，你今天是怎么了，是不是要告诉我什么好消息？莫不是要提拔我吧？"

江遇舟有点尬色，"嘿嘿"了两声说："你干得不错，只要你继续努力，不用担心，我一定会提拔你的，你说是吧。"

"这么说我还是很高兴的。"那娜不想再逗下去了，然后说，"你说吧，要我做什么？"

"是这样的，你可能也听说监管部门要禁止资金池操作了吧，这件事对我们太重要了，我想搞清楚这件事并且了解政策要求，以便早做准备。"

“好啊，那我现在就打电话问问同业人，或者上网搜一搜。”

“不，不，我不是这个意思。”江遇舟连忙摆手说，“我是想请你问问你哥哥那嘉主任何时有空，我向他汇报一下工作。你看啊，我知道银行监管部门的领导一般都很谨慎，轻易不会见被监管机构的人，所以请那主任以他认为合适的任何方式见一面，我当面求教。你看行不行？”说完，期待地看着那娜。

那娜是何等聪慧的女人，其实江遇舟一说到资金池她就明白了他的意思，刚才是故意跟他打岔。不知为什么，第一次见到江遇舟，她就有莫名的好感，接触下来，这种好感逐渐增强，再加上亲眼看见了他对恒泽债券危机的迅速处理和调整白名单几件事，对他又增加了几分崇拜。她不知道自己对他究竟是哪种感觉，但她认定他是个有头脑、有能力、有魄力的男人。她愿意每天见到他，每天和他工作在一起，也喜欢他欣赏自己，所以她每天都注意自己的穿着、妆容、发型、饰品，希望每天都让他看到一个赏心悦目的自己。

那娜说：“好吧，我一会儿给他打个电话，定下来告诉你。”

江遇舟这才放下心来：“好，不急，不急。”

那娜刚出去，苏子青走了进来。

苏子青在江遇舟对面一坐下来就急急忙忙地说：“江总，听说了吧，监管部门要禁止资金池操作了。”

“是啊，听说了。”

“这要是真的，往后我们怎么操作啊！”

“兵来将挡，水来土掩，工作是一定要做下去的，会有对策的。”

“江总，你是不是已经有主意了？”苏子青看着江遇舟一副胸有成竹的样子。

“目前还没想好。大家都想一想，集思广益，过两天碰个头。”

正在这时，那娜站在了门口。

苏子青看见那娜，说了声“好”就离开了。

“怎么样，那主任哪天有空接见？”江遇舟迫不及待地问。

“他说了，明天下午四点，在他办公室。”

“太好了，明天你和我一起去。”江遇舟笑着说。

谷树又来到了咖啡厅，咨询师已经在等候。

“有什么进展吗？”

“有进展。”咨询师凑近谷树说，“我发现黎蕊的画儿卖得还不错，不少人买，而且其中很多是她父亲的作品。”

“这有什么，画画就是为了卖的。”谷树不以为然。

“奇怪的是买画的人。”

“怎么了？”

“我跟踪了，买画儿的人大都是公司的高管。”

谷树立刻警觉起来。

“黎蕊和她父亲都不是知名画家，按理说他们的画儿没有多大收藏价值，为什么那么多高管买呢？”

谷树也疑惑起来。

“还有，黎蕊的工作室是一年多前扩大规模的，可那时候江遇舟停薪留职在英国留学，不但没了收入，还要花钱，那么黎蕊的钱是从哪里来的？”

谷树这下明白了问题所在。

对呀，这是个大的疑点，谷树一下子来了精神。应该查一查江遇舟和黎蕊两年来的银行账户流水，可怎么查呢？银行账户都是保密的，除非警方才有这个权力。他不禁为难起来。

咨询师看到谷树为难的样子，轻声地笑了笑：“这件事难不倒我，我自有办法。”

“啊，你有什么办法？”

“这就不需要告诉你了，但是需要增加一点费用。”咨询师比画了一下。

“好吧，我现在转给你。”谷树又补了一句，“违法的事可不能做。”

咨询师笑而不语。

下午的阳光，不再那么毒辣，树荫下，微风轻轻拂过，燥热减退了许多，让人身心愉悦。

江遇舟和那娜准时来到那嘉的办公室。

江遇舟一进门就说：“那主任，您好！久闻您的大名，我是江遇舟。”然后双手递上自己的名片。

那嘉站起来接过名片，然后与江遇舟握了握手："江总请坐。"

须臾，秘书端着两杯茶进来放到江遇舟和那娜的面前。那嘉说："别客气，请喝茶。"

江遇舟赶紧说："谢谢！"

那嘉说："江总今天来是为了什么事？"

江遇舟笑着说："那主任，是这样的，最近银行间在传资金池将被禁止操作，所以想向您求教。"

那嘉笑了笑："无风不起浪，我也听到了这个消息，不过我告诉你，这是真的，而且明天上午就发文，但是发的是征求意见稿，综合大家的意见后，再正式发文。既然江总来了，我正好想听听你的意见。"

江遇舟想了想说："我没见到文稿，不知道具体的内容，但就资金池来说，它一直是银行主要的操作方式。您知道，投资者习惯了把理财当成存款的替代品，不仅要求保证本金，还要求预期收益高于存款利息。在这种情况下作为银行来说，如果一旦做不到，理财产品卖出去就难了，所以银行就竭尽全力地去做到。而要做到，银行就需要有一个资金池，把理财募集的资金和投资的资产都放进去，只要不出现意外，资产负债平衡了就不会出问题。"

那嘉听得很认真。

江遇舟继续说："如果禁止资金池操作，银行只能发行净值型产品，这样一来就得做到理财产品与资产一一对应起来，如果资产出了问题，银行不承担损失，投资人要承担所有损失。”

那嘉示意江遇舟继续。

江遇舟又接着说：“鉴于投资者目前风险意识低，风险承受力差，想要扭转他们的观念不是一朝一夕的事，需要不断宣传让他们真正懂得理财有风险，投资须谨慎。风险要自担，不只是口头上说一说而已，但要让投资者敏锐地意识到这一点需要一定的时间。对于银行来说，存续的产品或者没到期的产品，也需要一定时间清退。最理想的情况是同时发行净值型产品，让这两种方式并行一段时间。”

那嘉沉思了一下问道：“你的意思是需要一段过渡的时间吧，那你觉得多长时间合适？”

“建议一至两年，至少一年。”

“好，你的建议我们会在收集完其他银行的意见后一并考虑。”

“那太好了。”

那嘉说：“禁止资金池操作，银行监管部门的本意是要禁止滚动发行、集合运作、期限错配和分离定价，最终打破刚性兑付，真正做到‘买者自负，卖者尽责’，既维护投资者的权益，也降低银行的风险，使得理财回到正确的轨道，良性发展。”

江遇舟连连点头：“受教了。”

那嘉最后说：“和江总聊天很愉快，希望以后有什么好的建议尽管告诉我们。”

江遇舟站了起来拱拱手：“多谢那主任指教，告辞了。”

江遇舟和那娜出来后，江遇舟看了看手表：“现在已经下班了，我们就不回银行了，你要是没事，我请你吃个饭吧。”

那娜刚才一句话没说，但她感觉他们谈得很融洽，估计江遇舟请她吃饭是想要说些什么吧，况且今晚也没事，于是说：“好啊，还没和江总一起吃过饭呢。”

“那咱们去‘那家小馆’吧，吃吃你们那家菜。”

那娜点点头：“好主意。”

他们两人进了餐馆，面对面坐下，江遇舟点了几个特色菜，其中有秘制酥皮虾、烧椒小海鲜、八旗茄子等，还点了一瓶红酒。

“你点的大部分是海鲜啊。”

“吃海鲜健康，不会胖。不过你也不胖。”

“你眼力不错嘛。”那娜调侃道。

“当然了，真正的美女我还是认得出来的。”

那娜心里很高兴，虽然这是江遇舟第一次夸赞自己。她继续调侃道：“原来还以为你视力有问题呢。”说完，两个人都笑了起来。

很快酒菜都上来了，江遇舟给那娜和自己斟上酒，然后举起酒杯：“感谢你对我工作的支持，咱们碰一下。”

那娜也举起酒杯：“要感谢江总的关照。”

几番推杯换盏后，江遇舟说：“你哥哥人很好，一点儿架子也没有。”

“是，他一直都这样。你对今天的谈话满意吗？”

“满意，政策要求都清楚了，我知道该怎么做了。”

“你提的建议也很好，有很高的参考价值。”

“我讲的是实情，没有过渡期，很难操作。”

“我相信我哥哥听进去了。”

“听进去就好。今天高兴，来，咱们再碰一个。”

不知不觉两个人把一瓶酒喝光了，江遇舟说：“今天的酒喝得痛快，要不要再来一瓶？”

那娜连忙阻拦：“江总，一瓶酒够了，明天还要上班呢。”

“那好，服务员，请结账。”

服务员应声过来，他打开手机结了账。然后说：“你喝酒了，开不了车，我送你吧，司机肖力已经在楼下了。”

那娜没有推辞。

江遇舟让那娜和他一起坐在后排。

那娜从来没有和江遇舟坐得这么近，此刻她心里感觉有些异样，仿佛空气稀薄了。

还好，江遇舟一路闭着眼睛，没有说话，好像睡着了。

第二天，江遇舟召开了部务会。

江遇舟郑重地说：“今天银行监管部门下发了禁止资金池操作的征求意见稿，这表明资管业务将进入一个新的阶段。我们之前一直依赖于资金池的模式运作，但是今后我们要开发新的模式了。从时间上来看，征求意见的时间是三个月，从收到意见到最后出台文件大约需要三个月，很可能还会给银行一年的过渡期，加起来约有一年半的时间，我们一定要在这有限的时间内做好一切准备。”

他停下来扫了一眼大家，继续说：“下面我布置一下任务，第一，现有的存续产品滚动至明年年底，到期必须结束。第二，从现在开始不要发新的资金池产品。第三，今天就着手准备从资金池模式转向投资组合模式。第四，责成产品处立刻开始研究设计净值型理财产品，这方面可以借鉴基金产品，以上的工作由苏总总负责。第五，系统一定要跟上业务模式的转变，不能拖后腿，由庞桐具体负责。最后请谷总带领风险处仔细研究征求意见稿，提出我们的意见。”

他又停下来扫了一眼大家：“有不清楚的地方吗？”

“没有。”

“好，散会。”

回到办公室，谷树斜靠在沙发上想，这个江遇舟还越干越来劲了，别做梦了，很快就让你原形毕露。

这时电话响了，谷树拿起手机：“谁呀？”

“师兄，我是夏雨晴，我的声音都听不出来。”手机里传来一串“咯咯”的笑声。

谷树马上坐起来：“哈哈，是你呀。”

“你现在干吗呢？”

“刚开完会，在办公室呢。有事吗？”

“有问题想向你请教，但主要是想见师兄了。”

谷树听闻心里痒痒的：“是真的吗？”

“当然是真的，你今天有空吗，接见我一下？”

谷树本来就郁闷想散散心，加上对夏雨晴有好感，于是就爽快地答应：“好吧，半小时后在学校附近酒店的咖啡厅见。”

谷树停好车，走进大堂来到咖啡厅，选了个角落坐下来。

不一会儿，就见夏雨晴东张西望地走了进来，谷树连忙站起来向她招招手，她立刻奔了过来。

“师兄，你今天好帅啊！”

“你也很漂亮！”谷树说这话是发自内心的。夏雨晴今天化了淡妆，比上次还漂亮。

“喝点什么？”

“你喝什么？”

“我喝咖啡。”

“那我也喝咖啡吧，不过要加点糖，我怕苦。”

谷树点了两杯咖啡，还要了一份甜点。

“师兄，你是不是忘了我了，一直不给我打电话。”夏雨晴故意嘟着小嘴。

谷树很喜欢她这种撒娇的样子：“你也没给我打呀。”说着，学起她的样子也嘟起了嘴。

“哈哈，你不要学我的样子好不好。”她忍不住笑出声来。

谷树觉得很放松，一时忘却了银行里的诸多不快。

“你找我有什么问题要问？”

“我没有问题。”

“没有问题？”

“是啊，人家就是找个理由见你嘛。”夏雨晴含情脉脉地望着他。

谷树觉得心动了一下。

“我有什么吸引你的？”

“你是个大帅哥，还那么有学问。告诉你，我就是喜欢成功人士，但我是个穷学生，没有机会，直到认识了你。”说完冲谷树眨眨眼。

谷树太渴望有人仰慕自己了，他自认为就是个成功人士，此刻他觉得她是真正懂自己的人。

于是，他跟她滔滔不绝地讲起自己成功的案例。她托着下巴很认真地听着，时不时还提问几句，这让谷树更加亢奋，故事一个接一个连续不断。谷树讲了一个多小时，直到说累了才停止。

夏雨晴把头靠在沙发背上，闭了一会儿眼睛。

谷树说：“你累了？”

“有点。”

“那怎么办？”

“现在有张床就好了。”

谷树想都没想脱口而出：“那我开个房间？”

“随你。”

谷树和夏雨晴进了房间，两人面对面站着互相看着对方，突然，两人同时抱住了对方，疯狂地吻在了一起。两人一边吻着一边慢慢地挪向大床，然后一起滚到了床上。

疾风骤雨之后，夏雨晴把脸贴在谷树的胸膛上，轻声问：“你觉得我好吗？”

“好，很好。”

“幸福吗？”

“幸福，但是有点遗憾。”

“遗憾什么？”

“可惜你不是第一次，如果是我会感到更幸福。”

“现在都什么年代了，你的想法也太可怕了，反正我已经给了你，我就是你的人了。”

“是的，我会对你好的。”

忽然谷树想到了什么，翻身起来：“我给你拍几张照片吧。”

“不穿衣服吗？不行，我害羞。”

“我不会给别人看的，因为我太忙，不能老和你见面，想你的时候，我就打开看一看。”

“那可说好了，绝不能给别人看，只能你自己看。”

谷树让她在床上不停地变换姿势，用手机拍了十几张，其中半身和全身的都有。

今晚，何强约叶桐吃饭，选了个泰国菜餐厅，因为她说很久没吃泰国菜了。

他点了咖喱皇炒蟹，青木瓜沙拉，腰果鸡和杧果糯米饭。叶桐高兴地说："好哇，都是我爱吃的。"

"那你就多吃点。"何强鼓励她。

"这真是矛盾，满足了食欲就胖了身体，瘦了身体就放弃了美味。"

"别管那么多，随心所欲。"

"好吧，那我就开吃了。"说着夹起了一块蟹肉放进嘴里，"真好吃。"

何强也吃了起来。

叶桐吃了一会儿说："我前几天见到苏子青了，她说和你很熟，还鼓励我多和你交往。"

"还说我什么了？"

"没有，你放心，一句坏话都没有。"

何强其实真想听到苏子青说自己的不好，因为他追她这么多年，也多次几乎明确地表达过对她的喜欢，但她每次都不回应，甚至马上岔开话题，顾左右而言他，因此他认为一定是自己有哪些地方不够好，让她不满意。

对于叶桐，他是抱着试试的态度和她认识并交往的，反正自己也单身，所以没表现出很热情的样子。当她说认识苏子青的时候，他起初觉得很好，甚至幻想苏子青会吃醋，没想到苏子青反而有促成自己和叶桐的意思，这不禁让他感到失望和沮丧。

于是他埋头吃饭，没有说话。

“你怎么不说话了？”叶桐感到有些奇怪。

“这饭太好吃了。”

叶桐觉得何强此刻有点敷衍自己。和他约会好几次了，他一直是不冷不热的，每次约会不积极主动但也不冷落她，表现得刚刚好，让她挑不出毛病。她今天约他见面就是想挑明关系，把两人的恋爱关系正式确定下来。叶桐觉得自己也老大不小的了，不能再这样耗下去，觉得他还算差不多，够八十分吧。

于是，她放下筷子看着他说：“何强，我们交往有一段时间了，不知你觉得我怎么样？”

他也放下筷子：“我觉得你不错啊。”

“是吗？”

“是呀，不然我怎么会和你约会呢？”

“那我怎么感觉不到你的热情呢？”

“对不起，你还不了解我，我是个慢热的人。”

“那你觉得我们接下来怎么相处啊？”

“我想，我们都已经到了折腾不起的年龄了，不能像二十岁的年轻人，感情像闪电一样，来得快去得快。”

叶桐认真地听他讲。

“我不想伤害别人，也不想伤害自己。所以我们需要一定的时间了解彼此，看一看我们是不是彼此适合的那个人。”

叶桐觉得有些道理。

“我虽然慢热，但一旦认定了你，我就一定义无反顾，一定会娶你。”

叶桐觉得他的话虽没有破绽，但还是隐隐约约感觉不太真实。

06

情　愫

黎蕊写生回来好几天了，除了回家当天和江遇舟多说了几句话，其他日子里都少言寡语，说话时也毫无表情。他们的日子又回到从前的模样。

江遇舟每天一早去上班，晚上回来很晚。黎蕊上午睡到自然醒，下午去工作室，晚上比江遇舟回来得还晚。所以他们几乎不在家里做饭，吃饭都是各自解决。

这天，江遇舟回家比平时晚了一点，已经快晚上 11 点了，而黎蕊还没回来。他想给她打电话，想了想还是发了条微信，问她怎么这么晚还没回来。

她没有回复。

他有点心神不安。

他坐在沙发上，望着天花板，他们过往的一幕幕出现在眼前。

自从那天相识之后，他认为找到了一生的真爱，不顾一切地疯狂追求她。

他请她吃饭、看电影、看演出，陪她逛街买衣服、给她送花，生日、情人节送贵重礼物，甚至每月给她生活费直至她毕业，用尽了所有追求女人的方法，最终她同意和他在一起。

他们在一起的第一晚，他精心布置了房间，准备了蜡烛和红酒，用 999 朵玫瑰在大床上摆了一个心形。

这一晚，宽大的床剧烈地颤动着……

他们共同奏响了乐章……

他们共同沐浴在狂风暴雨之中……

他们忘掉了这个世界，只有彼此。

沉醉在云雨交融的爱河里。

他当晚拿着两克拉的钻戒向她求婚，她羞怯地答应了。

之后，按照她的意愿，他又贷款买下了一百六十平方米的婚房。

她一毕业他们就结婚了。

江遇舟一看表已过了午夜十二点，黎蕊还没回来，他焦急地给她打电话，电话通了却无人接。

他等得不耐烦了，直接下楼向小区门口走去。

就在这时，一辆黑色专车驶了进来，只见黎蕊摇摇晃晃地从车里下来，他立刻跑了过去搀住她，她一身的酒气。她已经站立不稳，他只好抱着她进了电梯。

回到家刚把她放到沙发上，她就一下子歪倒下去。江遇舟赶紧冲了一杯柠檬水扶她起来喝。

过了一会儿，她眼睛睁了一下又闭上了。

他知道柠檬水起作用了，她有点酒醒了，于是问她为什么喝这么多酒，跟谁喝的，在哪儿喝的。可是她一句话也不说，只有不时的喘息声。不一会儿发出轻轻的鼾声，她睡着了。

他无奈地把她的衣服鞋子脱掉，抱着她进了卧室，把她放到床上，盖上被子。

他觉得自己越来越不了解黎蕊了。

时间很晚了，明天还要上班，于是他简单洗漱了一下也上床睡了。

可他心里放不下黎蕊，一直睡不踏实。

天蒙蒙亮的时候，隐隐约约听见黎蕊哼哼了几声，江遇舟一下子醒了，转过头看见她蜷着身子好像在发抖，碰了碰她，觉得她身体好热，于是摸了摸她额头，很烫，他立刻翻身下床，从抽屉里拿出体温计放到她的腋下，五分钟后拿出来一看：38.9℃。于是他翻开药箱，竟然没有退热药。怎么办？他想得赶快去医院。

江遇舟给肖力打电话让他立刻开车过来，然后给黎蕊穿好衣服。肖力很快到了，他立刻抱着她乘电梯下楼坐进车里。

黎蕊自始至终闭着眼睛没有说话，直到进了急诊室坐在医生面前，才睁开了眼睛。医生测她体温为39.1℃，然后问她哪里不舒服，她回答头疼、浑身发冷。江遇舟在旁边告诉医生她昨晚喝了许多酒。医生说是酒后着凉引起的发热，并无大碍，但是体温很高需要打点滴。

于是江遇舟送她进了输液室。

江遇舟坐在椅子上，看着躺在床上的黎蕊问道："你昨晚和谁喝了那么多酒？"

"客户。"

"什么客户？"

"买画儿的客户。"

"买画儿的客户？"

"当然，你以为只有银行才有客户？"

江遇舟不懂了，卖画儿还有客户，这是怎么回事？

"这两年我就是靠卖画儿为生的。"

"我出国之前不是给你留了一笔钱吗？"

"那点钱太少了。"

"当时你不是说够了。"

"我是担心你在英国不够花。"

"那我每次问你，你都说你有钱。"

"你那时已经没收入了，即便我说了你也没钱给我啊。"

江遇舟还是有些疑惑，他不解地看着黎蕊。

黎蕊又接着说："除了生活费，我还要维持工作室开支，要支付画师的工资，还要维系客户，你说我缺不缺钱？"

江遇舟想，当初投资工作室就是为了让黎蕊有点事情做，因为她不想当全职太太，没承想她把办工作室当成了自己的事业。

“你们也不是知名的画家，有人愿意买你们的画儿吗？”

“我们主要是临摹名家的画，然后再卖。”

“人家知道了会不会起诉你们？”

“临摹的都是欧洲名画，画家早就不在人世了。”

江遇舟从来不问工作室的事，以为黎蕊每天去工作室就是去消磨时间，现在才明白她是为了赚钱。

“现在我回来了，每月都有固定收入，我养得起你，你不要再这么辛苦了。”

“不行，我还有七八个画师要养呢。”

江遇舟很心疼她，但看到她这么坚持，也就不再劝了。

苏子青一上班就来找江遇舟，发现他办公室关着门黑着灯，于是就问那娜怎么回事，那娜告诉她，刚才江遇舟来电话说家里有点事晚到一会儿，于是苏子青回了自己的办公室。

直到接近中午的时候，江遇舟才来上班，他问那娜有什么事需要他处理。那娜说没有什么急事，就是苏子青一早来找他，看样子挺着急的。江遇舟说请她到办公室。

苏子青急匆匆地走了进来，一落座就说道：“江总，停止资金池运作的事情分支行意见很大，这可怎么办？”

江遇舟说：“别急，慢慢说，分支行怎么个意见很大。”

“这两天我到分支行调研了一下，和他们说要逐步停止资金池运作，以后都要发行净值型产品，他们一听就急了，说现在卖预期收益的产品都得费九牛二虎之力，如果将来改成净值型产品，就更难卖了，销售任务难以完成。”

“是这样子啊。”江遇舟沉思了一下，“理财产品转型需要分支行的配合和支持，否则我们一事无成。这样吧，你来组织一下，让那娜配合你，下午开一个视频宣教会，请各分支行行长和理财经理参加，我先讲话，然后你来回答具体问题。”

“好，我这就找那娜一起安排。”说完她又急匆匆地走了出去。

下午会议一开始，就火药味十足，江遇舟刚说完“听听大家的意见”，大家就立刻抢着发言。

一位分支行行长说：“卖净值型产品难度太大，难以完成销售任务。”

另一位分支行行长说：“不能停止资金池，否则我们支行就不卖理财产品了。”

还有一位理财经理甚至要求取消理财产品销售考核指标。

江遇舟对大家说：“静一静，先听我说几句，然后大家再讨论。”

大家逐渐安静了下来。

江遇舟清了一下嗓子，说：“大家的心情我很理解，都是担心完不成任务，说明大家都有负责任的工作态度。我们要逐步停止发行资金池的产品，改为发行净值型产品，这是政策要求，我们不能不执行。为什么禁止资金池运作，我认为是要打破‘刚性兑付’。‘刚性兑付’就是无论银行理财投资的资产表现如何，是亏是赚，投资者都将获得合同约定的预期收益率，银行实际承担了理财投资的全部风险，也就是说银行理财产品的投资者只是银行理财的债权人，而银行变相成了银行理财的债务人。”

江遇舟扫了一眼屏幕，继续说，“仔细想想，‘刚性兑付’使得投资者的利益受到百分之百的保护，这其实是一种极其不合理的金融现象。投资者只要做投资，就会遭遇风险，那么也就应该自己承担风险，而银行只是尽最大的努力为投资者创造最大的收益，这才是银行理财应该有的样子。所以要求打破‘刚性兑付’。”

他停顿了一下，又接着说：“大家可能担心，如果就我们一家银行卖净值型产品，投资者会抛弃我们，转向其他银行。请大家放心，这项政策要求是面向所有银行的，另外我们也不会冒进，也会看看左邻右舍。但是要提前做好准备，这样就不会打无准备之仗。”

他最后强调：“理财业务是我们行的重要业务，也是主要收入来源之一，所以大家还是要重视这项业务。至于考核指标，基本不变，但小的地方会考虑做相应调整。对于投资者，我们从现在起就要开始做宣传工作，因为他们从不承担风险到承担风险有个接受和适应的过程，资管部负责编写宣传手册，尽快发给大家。我就讲这么多，下面请苏总回答大家的问题。”

有人问：“资金池停止运作以后，我们怎么操作？”

苏子青答：“这件事情江总已经布置了，资金池没有了，我们将改为投资组合运作。”

又有人问：“什么时间开始发行净值型产品？”

“据估计，银行监管部门正式发文要半年以后，我们将在正式发文之后视情况择时发行。”

江遇舟还有其他事情要处理，悄悄地离开了会议室。

一连过去了好几天，都没有咨询师的消息，谷树有点不耐烦了。他心中暗暗想道：“现在江遇舟在总经理的位子上坐得越来越稳，如果照此下去，时间久了，今后就更难动他了，现在要趁他立足未稳，把他搞下去。”

他拨通了咨询师的电话：“东西搞到手了吗？”

“刚刚拿到，正要给你打电话呢。”

“好，老地方见。”

还是那家咖啡厅，谷树和咨询师面对面坐着。

咨询师拿出厚厚的两摞打印的银行账户流水单递给谷树，谷树立刻翻看起来。

“江遇舟的账户看不出什么问题，只是出国前给黎蕊转了一笔钱，金额比较大，应该是给她的生活费。”

“看来是这样。”

“黎蕊的账户就比较复杂，动账比较多，入账、出账都有，金额大的入账有两笔，出账也有两笔，从时间顺序来看，应该是先入进来，然后又付出去，都是发生在江遇舟出国之后。其余都是日常的流水，入账的钱不少，每笔几千几万不等，可能是卖画所得，支出方面，很多都是固定的支出，很可能是支付员工工资什么的。再有，就是零零散散的支出了，可能是日常的花销。”

“分析得有道理，但看不到几笔大金额往来的另一方是谁，对吧。”

“是的，这个真的很难查了。”

“不是没有你查不了的事情吗？”

“是的，但是这要动用特殊关系了。”

“那就动用呗。”

“动用要花钱的。”

谷树鄙视地看了他一眼，简直是敲竹杠。但现在查到这个地步了，如果不查，前面做的工作都白费了。于是狠下心又给他转了一笔钱。

谷树临走时恶狠狠地说：“一定给我查个水落石出！”

07

心结

自从那天和夏雨晴在一起之后，谷树仿佛为她着了迷。虽然他知道这不是因为爱情，也不知未来会怎样，但是他喜欢她的笑容、她的可爱，最喜欢的是她的眼睛，那么明亮，透出当今难得一见的清纯，当然最让他动心的是她对自己的崇拜。和夏雨晴在一起，他就是男子汉，他就是成功人士，这让他特别有成就感，或许这才是她最吸引他的原因。

他带她吃饭、看电影、逛街，给她买衣服、买化妆品，而她回报以拥抱、亲吻和热情，他们仿佛就像坠入爱河的一对恋人，每次分手后还期盼着下一次约会的到来。

这天晚上，谷树在家里吃完饭坐在书房里无所事事，又想起了夏雨晴，于是打开手机翻看她的照片，不禁春心荡漾。

这时，柳芸在客厅里喊他："哎，你过来陪我看会儿电视剧。”

“那些编造的破电视剧有什么好看的，我累了一天了，你让我安静地歇一会儿。”

“累什么累呀，升不了官，让你在家陪陪老婆也不行，你算什么男人！”柳芸大声吼道。

谷树越不爱听什么，柳芸就偏说什么，谷树气得也大声喊叫起来：“我怎么了，我怎么就不是个男人了！”

柳芸一般在家里总是强势的一方，而谷树则是弱势的一方，以往柳芸一发脾气，谷树基本上就不出声了，过一会儿还会过来哄柳芸。没想到谷树今天一点不示弱了，柳芸心里的火噌的一下就点燃了：“怎么，还造反了是吧，我说了，你就不是个男人！”

谷树也气得怒火直冒，他穿好衣服，拿起车钥匙，一摔门走了出去。

他在地下停车场给夏雨晴发了条微信：“一会儿酒店见。”

夏雨晴回复：“好。”还带了一个笑脸的表情。

他开着车飞快地驶向酒店。

停好车，进了酒店，开了房间，他又给夏雨晴发了条微信：“1202。”

他在房间里焦急地踱步。

不一会儿，传来门铃声，他疾步过去开门，夏雨晴笑呵呵地进来：“亲爱的，想我了是吗？”

他关上门，然后转身就把她抱到床上，什么话也没说，三下五除二地脱掉了她的衣服，就压在了她的身上。

激情过后，谷树还是不说话，眼睛直勾勾地望着天花板。

夏雨晴趴在他旁边搂着他，温柔地说：“前天刚见过面，今天又想我了是吗？其实我也天天想你。”

他还是没有说话。

“亲爱的，你今天这是怎么了？是谁惹你生气了？”

他突然推开夏雨晴的胳膊坐了起来，大声说：“谁惹我了，就是那个母夜叉！”

“母夜叉是谁？”

“除了她，还有谁！”

“你老婆吗？”

他开始咆哮：“她从来都瞧不起我，不就仗着她爸爸是个大官吗？她是个什么东西，连处女都不是！”

夏雨晴在旁边吓得不知所措，大气也不敢出。这些日子她见到的谷树一直是温文尔雅、彬彬有礼，今天这是怎么了，变得不认识了。让他发泄吧，也许发泄完了就好了。

他忽然转向夏雨晴，指着她咆哮：“还有你，连你也不是什么好东西，你也不是处女，你们都是渣女，都是下贱货！”

夏雨晴顿时愣住了，他竟然骂起了自己，于是争辩道：“不是处女怎么了？”

他挥手就抽了她一个耳光：“你还敢顶嘴！”

夏雨晴愣了一下，马上捂着脸大哭起来。

也许是她的哭声让谷树清醒了过来，他想自己怎么发疯了，怎么打了自己最心爱的人。他赶紧搂住夏雨晴："对不起，我刚才一定是疯了，我错了。"

"我那么爱你，那么崇拜你，再说我也没惹你，你为什么要打我？"夏雨晴一边哇哇地哭一边说。

谷树紧紧地搂着她，吻她脸上的泪水："我错了，我真的错了，我真的不该打你。"

夏雨晴挣脱了他的怀抱，开始穿衣服。

谷树问："你要走吗？"

"是的，我不跟你好了，一辈子不要再见了！"

"我向你承认错误，我发誓，以后绝不打你了！"

"晚了，没有以后了！"

夏雨晴穿好衣服，准备朝外走。

"你真的要走？"

"当然要走！"

谷树冷笑了两声，拿起手机威胁说："你敢往外走一步，我就把你的裸照发到网上！"

夏雨晴被吓住了，不敢再往前迈步。

向志勇知道苏子青喜欢喝咖啡，但听她说茶水间的咖啡不好喝，就一直想给她买一个咖啡机。一天，他看到网上打折卖胶囊咖啡机，于是就买了一个，还选了几盒胶囊咖啡，都是她喜欢的口味，一起快递到她的办公室。

苏子青打开包装，组装好机器，冲了一杯，沁人的咖啡香气立刻四溢，她尝了一口，味道好极了，她觉得很享受。

这时，那娜敲门进来了。

“苏总，咖啡好香啊！”

“你要不要也来一杯？”

“不了，我喝咖啡晚上睡不着。”

“那你可就没有这口福了。”

“是啊，但没办法。”

“哎，对了，来找我有事吗？”

“有事，我刚刚接待了两个来投诉的人，是投诉城东支行的，我向他们解释了，但他们非要见领导，江总和谷总都不在，你方便接待一下吗？”

“好吧，我接待，你把他们带来吧。”苏子青很爽快地回答。

不一会儿，那娜带着两个人来到苏子青办公室。

苏子青招呼他们坐下，那娜给他们倒了两杯水。

苏子青问：“您贵姓？”

“我们姓王，他是我父亲。”

“王大爷、王大哥好！来我们这儿有什么事吗？”

儿子抢着说：“我们是来投诉的。”

“投诉谁？”

“投诉城东支行的理财经理，赵月。”

“为什么投诉她？”

儿子说：“事情是这样的，我父亲今年 72 岁，前些日子存款到期，他就去城东支行办理续存，赵月主动过来和我父亲说存款的利息比较低，不如理财产品的利息高。我父亲问她高多少，她回答说要高两个点，然后介绍了一款理财产品，并且说这款产品卖得非常火，要是不赶紧买，就买不上了，于是我父亲就买了。不巧这两天有急事想用钱，他就想取出一部分，没承想到了支行一问才知道，原来买的是基金，而且是封闭基金，两年后才能赎回。”

“王大爷，买的时候录音录像了吗？”

“录了，还让我签了字。”

“那您签字前看合同没有？”

“密密麻麻的小字，我眼神不好，就听她说了说就签字了。”

“那您后来找支行了吗？”

“找了，但他们说基金没到期不能赎回，也不说解决办法，所以我们就找到这儿来了。你们是总行，是他们的领导，他们不解决，你们得解决。”

苏子青听完，内心燃起了怒火，理财销售培训了这么久了，而且总行三令五申要求销售一定要合规，怎么还有人犯这样的低级错误，简直令人不能容忍。还好客户找到总行来了，如果投诉到监管部门，这影响可就大了。这事一定要压下去，不能让向监管部门投诉的事情发生。

“王大爷、王大哥，投诉我接受了，但事情发生在城东支行，我们要让他们拿出具体解决办法，理财经理赵月的情况我们调查属实后，也一定会严肃处理，绝不姑息。”

“那多长时间能够解决？”

“您放心，我们一定会尽快解决。”

两个人满怀期望地走了。

苏子青想，这件事要马上向江遇舟汇报，于是她问那娜江总是否回来了，得到的回复是江遇舟今天不回行里。

资管部只是向分支行提供产品、技术培训，不直接管理销售，所以不便插手他们的具体事务。苏子青此刻很为难，于是给江遇舟发了条微信说有事请示，请他方便时给自己打电话。

一直等到快下班了，江遇舟也没回电话。

于是她硬着头皮拨通了城东支行行长隋通的电话。

“美女苏总，你好！怎么想起给我打电话，是不是要请我吃饭啊？”隋通轻松地调侃道。

苏子青想，这都是什么人啊，火要烧到眉毛了，还这么嬉皮笑脸地贫嘴。

“隋行长，别贫了，你们的客户都到我这儿投诉你们了。”

“我们的客户到你们那儿投诉我们？这怎么可能！”

“是不是有个王大爷在你们那儿买理财了？”

“是有这么个王大爷，买了基金又后悔了。这事我们已经向他解释清楚了，没事了。”

“没事了？那为什么还到我这里投诉你们？”

“啊，这王大爷不是瞎捣乱嘛。”

“我告诉你，你们不解决好，王大爷今天可以来我这儿投诉，明天就会到银行监管部门去投诉，到那个时候你们可就要吃不了兜着走，麻烦大了。”

隋通一听就害怕了，赶紧说：“明白，明白，我本来以为没事了呢。”然后又乞求地说，“苏总，你给支支招呗。”

“那你说是我请你吃饭呢，还是你请我吃饭？”

“当然是我请你了，现在正好下班了，我马上订个餐馆，地址随后发给你。”

苏子青想，平时这个隋通仗着业绩好，不服管教，不时地“尥蹶子”，今天要当面教训教训他。

收到地址，苏子青故意在办公室多待了一会儿，然后才开车去餐馆，路上接了隋通的两次催问电话。

苏子青进了包间，隋通立刻站起来，为她拉椅子请她坐下，然后说菜已经点好了。

“苏总，今天可是给你添麻烦了，王大爷怎么告到资管部去了呢。”

“是你平时管理员工管理得好呗。”

“惭愧惭愧，今天还请苏总多多指教。”

苏子青觉得很受用。

说着，菜就一道道上来了。

隋通心里着急，急切地说：“苏总，快说说你的办法，我洗耳恭听。”

苏子青不急不躁地说：“咱们先吃饭好吗？我中午没吃

好，现在好饿。”

“好，好，咱们先吃饭，不急不急。”

饭吃了好一会儿，隋通实在忍不住了，又开口说：“苏总，你还是跟我说吧，求求你了。”

苏子青觉得拿捏得差不多了，于是放下筷子：“我详细问过王大爷了，他年龄大了，眼睛不好使，耳朵有点背，以前从未买过理财产品，对理财几乎不懂，他认为理财就是存款，因此才被赵月引导着买了基金。”

“尽管如此，但我们有录音、有录像，并没有强迫他买，他是自愿的。”

“你跟咱们行里可以这样说，可事情如果到了银行监管部门就不一样了，一定会认定你们有问题，因为赵月根本就没有说明产品是基金，基金的风险也没有告知，况且一般老人承受风险能力低，属于不适合高风险产品的销售对象。”

“那你说怎么办？他已经买了，不到期赎不回来。”

“要想解决这件事，只能打感情牌，那个王大爷看起来不像个胡搅蛮缠的人。”

“怎么打？”

“我的想法是：第一，登门道歉，你要亲自去；第二，送礼品，最好是适合老年人用的东西，比如说咱们行里的颈背按摩仪；第三，把对赵月的处罚告诉王大爷。要表现出真挚的情感，多说好话。”

隋通听得认认真真，连说：“妙招，妙招，总行领导的水平就是高。”

苏子青见状站起来：“好了，饭吃完了，也面授机宜了，我该打道回府了。”

隋通也站了起来，真诚地说：“谢谢苏总，等处理完这件事，我要再次请领导吃饭。”

苏子青笑了：“不谢不谢，孺子可教也。”

第二天一上班，苏子青就来到江遇舟的办公室，那娜也在。江遇舟说：“苏总，对不起啊，昨天开会，手机一直静音，当我看到时已经很晚了，就没有回复你，找我是什么事？”

“就是昨天有人来投诉城东支行的事。”

“这件事啊，那娜正在跟我说呢。”

那娜赶紧说：“苏总，我正在向江总汇报，你昨天处理得太棒了。”

苏子青笑了笑：“你们只知道前半段，还不知道后半段吧。”

那娜一听很是好奇：“怎么，这故事还有后半段呢？”

“是啊，后半段才精彩呢。”苏子青就把昨晚教训隋通的经过说了一遍。

江遇舟听完哈哈大笑：“教训得好，这个隋通平时也太骄横了，如今落在咱们苏总手里，就得让他吃点苦头。”

那娜也笑了起来：“真是太精彩了！看他以后还敢对资管部‘炸毛’。”

江遇舟笑完之后，认真地思考了一下说："这件事情说明我们分支行的销售工作还没有做到完全规范，还有薄弱的地方，销售人员的合规意识还有待提高，我们要借这个案例对分支行进行一次宣教。"

苏子青说："可我们没有管理分支行的权限啊。"

江遇舟沉默了一下说："我们虽然没有管辖权，但从业务线上说还是有指导职能的，以后我们不要只是单纯地进行技术上的培训，还要同时进行销售合规上的培训，提高他们的合规意识。这一点我相信分支行会支持的，毕竟出了问题，他们考核时是过不了关的，而且当事人也要受到处罚，于公于私都得不偿失。"

苏子青点点头："好，我布置下去。"

两天之后，隋通给苏子青打来电话说："苏总，感谢你的锦囊妙计，这件事平息下去了，我们对当事人赵月也做出了停发三个月奖金和调岗的处罚。"

"隋行长，这不是把事情平息和处罚个人那么简单的事，关键是要引起重视，不能只看业绩，不重视合规，要认真把合规意识落实到每一个员工的心里，谁也不能触碰合规的底线，要有忧患意识，把工作做到前面，防患于未然。"

"是的，是的。"

"江总已经布置了，近期我们要给重点分支行做一次宣教，希望你们支持。"

“那是一定，欢迎总行领导来指导工作。”

“你别只停留在口头上，要真心地配合。”

“你放心，这件事我已经吸取教训，再也不敢出问题了。”

“那就好，看你表现。”

“苏总，今晚有空吗？请你吃大餐。”

苏子青觉得敲打得差不多了，也出了多日积压在心中的一口气，于是说：“吃饭就不用了，我今晚还有事。”

“那就下次再请，算我欠你一顿饭。”

苏子青挂了电话，不由得笑了起来。

08

非 标

江遇舟在看那娜给他的分行理财产品月销售统计表。

“北京和上海的销售情况还是不错。”他对旁边的那娜说。

“是的，但是江苏、浙江、广东的销售额增长很快，中西部的省份也在增长。”那娜回答。

“看来，再努一把力，今年销售额突破5000亿应该没问题。”

“我觉得也是，但需要给他们再加一把火，鼓励鼓励。”

“是呀，但是咱们没有什么手段啊。”

“是，也只能在年终考核上帮帮他们。”

江遇舟思忖了一下说：“分行太多了，离得也太远，不方便见面，我们请总行零售部、私行部，北京分行和北京几个重点支行的领导吃个饭吧，事不宜迟，就安排今天晚上吧，咱们总经理室的人都参加，你也去。”

“好，我这就去安排。”

晚上，在船歌大饭店的包间里，十多个人在一起十分热闹。

零售部韩总扯开大嗓门：“我说江总，我们零售部为你们拼死累活多半年了，今天才想起请我们吃饭，太不够意思了，你们说是不是？”

私行部的侯总立刻响应：“说得对，我们私行部也是一样，没得到过任何好处。”

北京分行副行长许滢和隋通等几个分支行行长也趁机起哄：“罚酒！罚酒！”

江遇舟预先想到这帮人一定会吐槽，没想到他们如此直接和犀利。他端着酒杯站起来：“诸位领导，我初来乍到，本来早就想请大家聚一聚，但因为部门许多情况需要时间熟悉，所以直到今天才请大家，对不起，我现在自罚一杯。”说完一口干了。

韩总不依不饶：“一杯不行，得罚酒三杯。”

好几个人又跟着起哄：“对，罚酒三杯！”

江遇舟说：“好，为表示诚意，我再喝两杯。”说着又连干了两杯。

干完之后，没有坐下，又给自己斟满一杯：“诸位，现在我们资管部敬大家一杯！”

谷树、苏子青、庞桐和那娜同时站起来干了一杯。

韩总这时站了起来："行，资管部够意思，咱们也敬资管部一杯。"

众人一起干了一杯。

江遇舟鼓励地说："这几个月理财销售业绩大增，全是诸位努力的结果，如果再加把劲，今年一定会突破5000亿元的销售目标，年终考核时我一定为你们加分。"

韩总不无遗憾地说："去年零售部只差了一点，没完成考核指标，奖金少了，员工也有怨言，今年说什么也要完成任务，不然不好交代了。"

江遇舟说："去年资管部也是一样，所以我们要携手并进。"

这时那娜神秘地问大家："猜一猜，今天江总为什么选这家餐馆？"

"为什么？"众人看看江遇舟，又看看那娜，露出疑惑的神情。

江遇舟笑而不语。

"江总的名字叫江遇舟，这家餐馆叫船歌，含义是大家都在一条船上风雨同舟、高唱凯歌。"那娜忍不住了。

众人一起大笑起来："妙妙妙，太妙了！"

韩总兴奋得又站了起来："来来来，为了风雨同舟、高唱凯歌干一杯！"

众人又一起干了。

江遇舟真诚地说："诸位都这么帮忙，我很感谢，不知道你们有什么忙，资管部可以帮上的？”

隋通想说话，先看了许滢一眼，许滢示意他尽管说。

于是他恳求地说：“江总，我们支行今年的贷款指标快用完了，但是还有一个特别优质的客户需要贷款，我们没有办法了，不知资管部能不能帮帮忙？”

江遇舟想了想说：“办法只有一个，就是做一笔非标资产投资。”

江遇舟看大家都在看着自己，于是接着说：“非标资产指的是未在银行间市场及证券交易所市场交易的债权性资产，其中包括信贷资产和信托贷款。以前投资非标资产很容易，但近年来银行监管部门一再发文限制理财资金投资非标，根据最新的规定，非标资产占比不能超过理财总规模的35%，或者不能超过银行总资产的4%，这就大大压缩了非标投资的规模。但是上有政策下有对策，各家银行都使出浑身解数在非标的定义上做文章，暗度陈仓。但我们不想这样做，我们严格遵守这个比例。”

隋通急切地问：“那就没有办法了？”

江遇舟说：“我们可以利用通道做信托贷款。”

“那好啊，能贷出去就好。”

“那你们支行的收益从哪儿来？”

“我们主要是留住客户，至于收益倒不太在乎。”

“这样吧，尽职调查由你们做，到时候你们收点咨询费，也算没白忙活一场。”

隋通高兴地说："那敢情太好了！"

许滢也很高兴："江总够意思！"

"那好，具体的操作你就找我们苏总吧，她是专家。"江遇舟说。

隋通和苏子青都点点头。

这顿饭吃得尽兴，大家尽欢而散。

谷树吃完饭回到家中，柳芸在看电视剧，他打了个招呼就进了书房。

他拿起《magazine 精英》杂志，这个杂志是他平时最爱看的，每期都介绍一个精英人物的成功历程，可今天他翻了几页就不想看了，他很烦躁。

江遇舟今天宴请这些人，是表明他的位子已经坐稳了，但自己绝不能认输，一定要扳倒他。

正在这时手机响了，他接通之后，传出咨询师的声音："谷先生，有空吗？"

"现在吗？"

"是的。"

"好，老地方见。"

谷树穿好衣服，跟柳芸说："喂，我有事出去一下。"

柳芸还在追剧，剧情正演到虐心的地方，她哭得稀里哗啦，随口说："嗯，去吧。"

谷树喝酒了不能开车，出门打了辆出租，直奔咖啡厅。

进了咖啡厅，发现咨询师坐在一个角落里，于是径直走了过去。

他们见面从不寒暄，直奔主题。

谷树问：“查清了吗？”

“查清了，不过这次颇费周折。”

“我不听过程，告诉我结果。”

“好，结果是这样的，江遇舟去英国之后，黎蕊的父亲得了重病，要做一个大手术，可是家里没有那么多钱。在这困难的时候，奇迹发生，黎父的几幅画竟然卖了大价钱。”

“谁买走的？”

“是一位民营企业的老板。”

“黎蕊与他有什么关系？”

“没有直接关系，据说是朋友介绍他过去买画的。”

“他的那位朋友是谁？”

“尚不得而知。”

“这是第一笔大金额入账，那么第二笔钱呢？”

“是工作室扩大规模后，支付的三年房租。”

“这钱是谁给的？”

“据说是一位神秘的朋友慷慨解囊。”

“他是谁？”

“现在还不知道。”

谷树很不满意地说：“这么多天你就调查出这么点事，我为此付了你那么多钱。”

“你的钱我大部分都付给关系户了，我实际上没赚钱。”

“你是不是还要我加钱？”

“不是这个意思。”

“那你是什么意思？”

“我的意思是，我发现还有人也在调查黎蕊和黎父，而我迄今为止不知道你调查他们为了什么，所以我劝你收手，别再调查了，别惹出事来。”

谷树听闻生气地说：“如果不查了，那30%我就不付了。”

“不付我就不要了，我可不想惹出事来。咱们的合作到此结束。”说着就站起来想走。

谷树一把拽住他的胳膊：“走什么走，我让你走了吗？”

咨询师挣脱不开，只好又坐下。

“谷先生，我求求你，真的别查了，我现在胆战心惊，不知道会查到谁。”

“现在正是关键时候，就要水落石出了，怎么能不查了呢。”

咨询师不说话，只是用乞求的目光看着谷树。

“这样吧，你接着查，完事之后，除了那30%，我再给你一笔奖金，保证让你满意，你看怎么样？”

咨询师低头想了想，自己跟钱没仇，那就查吧。于是答应说：“那我就继续查了，不过你得答应我，查出结果后，你不能对任何人说是我查的。”

“好的，我保证。”

第二天，隋通一早就给苏子青打电话："苏总，你好！隋通向你报到。"

苏子青正在喝着胶囊咖啡："哎哟喂，隋行长，这么早就来骚扰，让人喝杯咖啡都喝不踏实。"

"这不是跟领导请早安嘛！"

"你呀，蒙谁呢？你无利不起早。"

隋通嘻嘻地笑了起来："还是领导明察秋毫，昨晚客户又给我打电话催问贷款的事，只好一早惊动领导了，见谅，见谅。"

苏子青也笑了起来："行了，知道你心里搁不住事，有点事就火急火燎的。"

"还是领导体恤下属。"

"好吧，说正事，你那个贷款的流程是这样的，我们用理财资金投资证券公司的资管计划，资管计划再购买信托公司的信托计划，最后信托贷款给借款人。"

"啊，这么复杂。"

"当然，要不怎么能绕过非标资产的限制呢。"

"那你说我们做点什么？"

"你们呀，先准备客户资料，等我这边跟券商和信托公司联系好，你带着他们去做尽职调查，对了，我也派一个人一同去。"

"得嘞，领导，我随时听领导召唤。"

苏子青挂了电话，觉得隋通一口一个“领导”地叫着还挺受用，这家伙终于肯低头了。

下午会议室里正在开部务会。

谷树发言：“我们拟写的对征求意见稿的回复意见刚才给大家介绍完了。我还有个疑问，在建议这部分，要不要写上我们拟采取的措施，比如禁止资金池运作之后，我们将采用投资组合方式进行操作？”

江遇舟回答：“回复意见中，我们只要本着实实在在的态度把我们对禁止资金池运作的真实想法和意见表达出来就行了，之后我们怎么做，只要不违反政策要求就可以了。如果把后续做法一并报上去，就相当于在请示银行监管部门。如果没有回复，就等于没批准，那我们就极其被动了。”

大家频频点头。

谷树也没再表示异议。

江遇舟看着那娜说：“综合处把回复意见的文字再字斟句酌一下，然后写一份签报，我签字后送办公室报郭行长签批。”

那娜说：“好，照办。”

江遇舟说：“剩下的时间不多了，我们要努把力，一定要在年底之前完成理财销售指标，不然，我们之前的努力都白费了。各个处要抓紧处理手头工作，尽量往前赶，有什么问题及时报告，我们第一时间解决。”

这时有人问："快到年底了，我们的不良资产怎么处置？"

江遇舟想了想，出主意说："是的，距离年底不是很远了，我们有几笔理财投资可能会产生不良资产，如果公告，会导致整个银行受到影响。如果用理财收益去抵消，我们的理财收益就会减少许多，也不好看。不妨这样：找一家也有不良理财资产的银行（其实并不难找，每家银行理财都会有不良资产），做资产互买，也就是我们把不良资产卖给对方的理财，然后再购买对方发行的同业理财，对方也是一样操作。"

大家不约而同地拍手称赞："高，实在是高！"

会议室里一阵欢笑声。

谷树回到自己的办公室，会议室里大家的笑声刺痛了他。江遇舟每一件事情的成功都像一把锥子刺在他的心头，衬托出他的失败、他的无能，他太嫉妒江遇舟了。而且江遇舟逐渐赢得了民心，赢得了大家的拥戴，他知道撼动江遇舟越来越难了，但他还有最后的机会，就要水落石出了，他要再忍一忍。

09

重 逢

江遇舟早上出门前，黎蕊还在睡觉，他留了个纸条放在床头柜上："今天是你的生日，晚上回来吃饭，有惊喜！"

江遇舟推掉了好几个应酬，一下班就让肖力开车拉他去了超市，他精心挑选了几样黎蕊爱吃的蔬菜，还买了一斤黎蕊最爱吃的活虾。

回到家，兴致勃勃地进了厨房，鼓捣了一个多小时，把几样菜全做好了，一看表晚上七点多了，估摸着她快回来了，就打开红酒醒上，并摆好蜡烛。

这时门铃响了，他心里想，嘿，真好，我做好了她就回来了，连忙过去开门，原来是快递员送来了海盐红丝绒蛋糕。

他一直等到八点，黎蕊也没回来。他想她是不是忘记了，于是发了一条微信说："今天是你的生日，我已经做好饭在家等你。”等了一会儿，没见回复。他打电话给她，没接，挂了。咦，这是什么情况？正在这时，收到一条她的微信：“对不起，我现在有事在忙，晚点回家。”

他坐在沙发上睡着了。

黎蕊回到家的时候已经晚上十点多了，开门声惊醒了江遇舟。

他揉揉眼睛睁开眼：“你才回来，出什么事了？”

黎蕊平静地说：“出了点小事情，没什么大事。”

“那你不早回来，吃饭了吗？我给你热热菜。”

“不用了，我吃过了。”

“什么？我一直等着你，你居然吃过了！”他有点不高兴。

“别生气，确实出了点事。”

“那你说说到底出了什么事。”

“下午有个人来工作室，说是看画买画，可他看了半天也没买画的意思，还东问西问，还要拍照，我们有点害怕就报了警，警察把他和我们带到派出所，仔细询问了半天，最后也没查出那个人有什么问题，就把他放了，然后对我们说报警是对的，今后还是要小心。几个画师都有点儿害怕了，所以我请他们吃了个饭，安慰安慰他们。”

听她讲完，江遇舟劝慰说：“我早就说过你别再开什么工作室了，我挣得也不少，养得起你。结婚五年了，也该要个孩子了，你以后就在家相夫教子多好。”

黎蕊摇摇头：“你说得倒好，但女人还是要经济独立，靠自己才行，我现在事业刚刚有点起色，不是要孩子的时候。”

“那你要赚多少钱才算满意？”

“要赚到我自己和我的父母没有任何担忧为止。”

“我赚的钱还不够养你们吗？”

“我不能依赖你。”

“为什么？”

“那我问你，我父亲需要钱做脾脏切除手术的时候，你帮上忙了吗？”

“啊，这是什么时候的事呀？”

“我父亲脾上长了个东西，医生怀疑是癌，要做切除，加上术后治疗，需要50万。”

“你怎么没告诉我？”

“你在英国，自己还需要钱，我告诉你有何用。”

“那后来怎么解决的？”

“朋友帮忙卖了我父亲的两幅画才凑上了钱。还有我的工作室，地方太小，需要更大的地方，是朋友帮忙付的房租。”

他想着，自打回国之后，黎蕊跟自己说的话很少，原来她肚子里装满了苦水。

“你怎么不早告诉我这些？”

“都过去了，我告诉你还有什么用。再说，你回来之后，整天想的说的都是你的工作，你问过我这两年是怎么过的吗？”

“对不起，我回来之后就是想努力工作赚钱养家，疏忽了和你的交流沟通，以后我会改正，也希望你以后有什么事都能告诉我，我一定会尽全力帮助你。这个家是两个人共同的家，我们都有责任把这个家经营好，但是我是男人，我是丈夫，我要承担主要责任。”

黎蕊说：“好，今天就说到这儿吧，都累了，早点睡吧。”

他拿出一个最新款华为手机递给她：“这是我送你的生日礼物，祝你生日快乐！”

苏子青给叶桐打电话，电话铃声响到结束也没人接，她心想，这家伙怎么不接电话。过了好一会儿叶桐才打了回来，她第一句话就说：“姐们儿，今天咋想起给我打电话了，吃错药了吧？”

“讨厌鬼，你才吃错药了呢。”

“哈哈，那就是有好事找我，我告诉你，这两天我左眼皮老是在跳，左眼跳财。”

“跳你个鬼呀！为什么不接电话？”

“本姑娘刚才在洗澡，现在正敷着面膜。”

“啊，你没上班呀！”

“是呀，休息半天补补觉。”

“那你一会儿滚过来，金融街茶餐厅见。”

“好嘞，一会儿就滚过去，拜拜！”

中午茶餐厅人多，来晚了不好找座位，苏子青早早来了，选了一个角落的位置。

她边等边翻看手机，聚精会神地读一篇银信合作的文章，以至于叶桐在她对面坐下都没有发觉。

“哎，看什么呢？”忽然苏子青的肩膀被拍了一下。

苏子青吓了一跳，一抬头看见叶桐坐在对面：“吓死人了，来了也不吱一声。”

“还怨我，你看什么呢，看得都出神了？”

“看一篇文章讲怎么对付你。”

“对付我还不简单，还用得着你这么费神。”

“得了，别贫了，咱们言归正传，今天找你是想跟你们公司做一笔交易。”

“嘿，还真让我说着了，看来左眼跳财还是很灵验的哈。”

苏子青把合作计划讲了一遍，然后说：“你看是做信托贷款还是做明股实债更好一点。”

“这两种方式看似不同，其实对我们来说实质都是一样的，就看你喜欢哪种了。”

“我想，信托贷款太直接了，明股实债比较隐晦一些，现在监管越来越严，我们得百倍小心才能避免踩红线。”

“好，那就做明股实债。但不知你选择哪家券商和我们对接？”

“我想选择何强他们公司。说来也巧，虽然你们业界排名十五，但最终还是进了我们行入围名单的前十。何强他们公司本来不可能进我们的前十，谁知，他们董事长与我们郭行长是大学同班同学，郭行长就向江遇舟打了招呼，江遇舟不敢得罪郭行长，而自己定的标准也不能不遵守，于是就把他们公司定为候补。”

“这个江遇舟脑子真好使，亏他想得出来。”

“所以我想大家都很熟悉，做起来也会配合得好，你说呢？”

“可是我和他现在是男女朋友，公私掺和在一起会不会有点尴尬。”

“我觉得没什么，你可以有更多时间和他接触，更好地了解他。”

“说来也是，那就听你的。”

“那好，我定一个时间，咱们仨，还有城东支行行长一起开个会。”

“好，定好告诉我就行了。”

第二天下午，在资管部会议室，苏子青、何强、叶桐和隋通四人开会。

苏子青说：“先请隋行长介绍一下客户情况。”

隋通点点头，随即把客户的情况介绍了一遍，最后说：“这个客户是我行的老客户，贷款好几次了，从来没有过违约，这次要不是因为贷款规模没有了，我行还是会给他放贷的。客户也没有什么特别要求，只是期望能快一点。”

苏子青说：“客户的情况大家都了解了，至于放贷的形式，我分别和何总、叶总都商议过了，就是以明股实债的方式放款。”

隋通问道：“明股实债是怎么个方式？”

苏子青解释说：“资管部先用理财资金投资诚远证券的资管计划，诚远证券再投资先锋信托的信托计划，先锋信托则直接投资购买客户的股权，客户三年后再将股权购回。”

隋通说：“明白了，就是有些复杂。”

苏子青笑了笑：“是复杂，但如果不这样，是不能直接用理财资金给客户贷款的。”

隋通又问：“客户相当于用股权质押贷款是吧？”

苏子青回答：“是的。”

“那得用多少股权呢？”

叶桐回答：“首先要请第三方评估公司评估客户股权的价值，然后再看贷款占股权的比例。”

“那费用是不是比银行贷款要高一些？”

何强回答：“应该是，因为多了证券公司和信托公司的通道费，还有评估公司的费用。”

苏子青补充说：“理财资金的回报也要高于银行贷款的利息。”

“那这样算下来，全部成本是多少？”

“年化收益率应该在 8% 以上，不过这要整个算一下账才能确定。”

隋通在本子上记了一下：“我和客户谈的时候，客户肯定会问的。”

苏子青说："咱们今天主要是把这个明股实债的方式确定下来，接下来由隋行长和客户沟通，如果客户同意，我们就开始操作。"

隋通说："我尽快与客户沟通，有什么情况会及时向苏总汇报。几位帮客户的忙，也是在帮我的忙，所以我想请大家吃个饭表示谢意。"

苏子青连忙说："今天就算了吧，我还有事，何总和叶总还有事要商议，下次吧。"她是想让何强和叶桐单独约会。

何强和叶桐相互看了一眼，然后对隋通说："谢谢了，听苏总的，下次吧。"

晚上，谷树和夏雨晴在酒店房间里。

他们没在酒店餐厅里吃饭，而是点了客房送餐，因为谷树说不愿意浪费两人在一起的时间。

两人你喂我一口，我喂你一口，卿卿我我，情浓意浓，好不甜蜜。

谷树亲了她脸颊一下："雨晴，我真的离不开你了，每天都想和你在一起。"

"真的吗？"

"当然是真的，我对天发誓。"

"那你怎么还舍得打我？"夏雨晴想起了那一耳光，嗔怪地说。

"我那天是被那个母夜叉气昏了头，不知怎么就动手打了你，想想真是不可理喻。”

“是不可原谅！”夏雨晴故意板起脸来。

“你不是已经原谅我了吗？我也发过誓了，今后绝不动你一根手指头。”

“但是我怕你哪天又控制不住自己动起手来，那我可就真的再也不和你在一起了。其实我很爱你，我爱你比你爱我要多，更舍不得离开的人是我。”

“那说好，我们永远在一起。”谷树动情地说。

“傻瓜，我们不可能永远在一起。”

“为什么？”

“因为你有老婆，你有家啊。”

“那你啥意思？”

“我可没有拆散你家庭的意思。不过我好奇你老婆是个什么样的人。”

“她嘛，人长得不漂亮，身材也一般，脾气还大，动不动就发火。”

“那你为什么还娶她？”

谷树犹豫了一下说：“还不是因为她爸爸是个大领导。”

“这么说你找了个靠山啊？”

“原以为是这样，可实际上什么光也没沾上，不然我早就当上总经理了。”谷树愤愤地说。

“那你看着也不像从一般家庭出来的人，你父母是干什么的？”

“他们也是不大不小的领导。”

“瞧，你这家庭多好啊。”夏雨晴不无羡慕地说。

“好什么好，压力太大，从小就教育我长大了要当官。”

“当官有什么不好，有权有钱。”

“你还是学生，不知道职场上竞争多么激烈。”他想到了自己和江遇舟的竞争。

“那也是当官好。”

“再怎么好，也不如咱俩这样好。”说着把夏雨晴放倒在床上。

“别急，把我的手机给我。”

“要手机干吗？你要拍照片？”

“太土了，这年代谁还拍照片啊，我要拍咱俩的视频。”

“啊？”

“我想留个纪念，以后万一不在一起了，我想你的时候就看一看，回忆一下我们曾经有过的爱。”夏雨晴动情地说。

谷树很感动地把手机递给了夏雨晴。

又是一个周日，黎蕊去外地写生了，江遇舟得空又来看老爷子。

老爷子见到江遇舟，自然是高兴，又是让座又是让小李泡茶。

老爷子关心地问：“小舟啊，最近没来，工作还是很忙吧？”

“是啊老爷子，自打当了总经理就没闲下来，原来当副总的时候可比现在省心多了。”

“都说，人闲是福气，但是太闲，就不一定是福气了，说不定会变成一场灾难。人太闲，会让大脑变得迟钝，筋骨变得懒散，健康也容易出现问题。而忙碌的生活使人精力充沛，能让人充实，说大点，能让生命更有意义，你说是吧。”

“您说得对，我看您就不爱闲着。”

“是的，我虽然退下来了，可不想闲着，你看我每天看看报纸、读读书，练练太极，打理花草，有时出门逛逛看看世界的变化，很充实。”

“我将来退休了，得像您一样，也做个闲不住的人。”

“你离退休还有二三十年呢，现在正是你应该忙的时候。”

江遇舟说：“老爷子，我今天再向您请教一盘棋吧。”

“好啊，几天没下了，来一盘，我还是让你两个子儿。”

老爷子摆好棋盘，两人坐下，博弈开始。很快，黑子、白子搅在一起，杀得天昏地暗，难分难解，但最后还是江遇舟输了。

老爷子说：“你这盘棋下得比上一次大有长进，开局不错，中盘占优，既取了外势，又捞取了实地，本来有希望赢的，但你在劫材少的情况下开劫有些盲目，所以你打劫没争过我。这叫一招不慎，满盘皆输。”

江遇舟喜欢下完棋听老爷子讲棋，很有人生哲理，也很有做事道理，他表面上是来下棋，更是来聆听教诲，受益匪浅。

老爷子很是喜欢江遇舟，不仅因为他救过自己，更喜欢他的正气，很像当年的自己，另外觉得他悟性很高，是个可造之才，所以每次来，都愿意给他讲讲人生道理。

江遇舟从老爷子那儿出来，准备开车回家，忽然手机响了，是个陌生号码，他心想又是骚扰电话，就挂掉了。没想到一上车手机又响了起来，一看还是那个号码，于是接了起来。

听声音是个外国人在说着不流利的中文："你是江遇舟吗？"

"我是，你是哪位？"

"我是路易莎。"对方急切地说。

"啊，路易莎，你在英国还是西班牙？"江遇舟激动起来。

"哈哈，我在北京。"

"你住哪里，我要见你！"

"我也想见你！我住在酒店，你现在过来吧，我在大堂等你。"

"我马上到。"

路易莎是江遇舟在英国的同居女友。他们当时都在剑桥大学读书，一次意外使他们认识了。路易莎是西班牙人，喜欢中国文化，喜欢学中文，江遇舟就经常给她讲中国故事，教她中文。渐渐地她喜欢上了这个博学有趣的中国人。江遇舟也喜欢她，不仅是因为她漂亮的容貌，还有她的善良和温柔。很快两个彼此喜欢的人就住在了一起。

江遇舟停好车，快步走入酒店大堂，四下张望。这时只见一个外国女人急速地冲到他面前抱住他：“舟，想死你了！”说完就不顾一切地亲吻他。

热吻了好一会儿，路易莎才放开他。

他们一起坐在沙发上：“路易莎，你还是那么漂亮。”

“舟，你还是那么帅。”

“告诉我，你怎么来北京了？”

“你走了，我就回了西班牙，我告诉父母我要来北京，他们不同意，于是我天天说要来北京，连着说了两个月，他们最后没办法就同意了，但要一起来北京，看一看这个城市怎么样，如果好就让我留下，如果不好，我就必须回西班牙。”

“你父母也来了？”

“是的，他们今天一下飞机就完全惊呆了，没想到北京这么美丽，这么现代化，哈哈，我可以不回西班牙了。”

“到吃晚饭的时间了，我请你父母吃个饭，给你们接风。”

“好，他们见到你，知道我在北京有好朋友，他们就能放心了。”

“今天你们坐飞机累了，就在酒店餐厅吃吧，吃完早点休息，你看好吗？”

“好，我去接他们。”

“一会儿餐厅见。”

江遇舟先到了餐厅，要了一个包间，然后点了几个特色菜，等着他们。趁这会儿工夫，他想了想应该怎么办，如果他们只是来旅游，还好办，大不了请几天假陪陪他们，可路易莎如果不走了，这怎么相处呢？他不禁犯了难。

正在这时，路易莎带着父母进了包间，她用中文给江遇舟介绍："舟，这是我父母。"然后又用西班牙语给父母介绍，"这是我的好朋友，舟。他英语很好，你们接下来可以用英语和他交谈。"

路易莎的父亲长得高大英俊，母亲瘦小却漂亮，江遇舟心想路易莎完全遗传了父母的优秀基因。

寒暄后，江遇舟招呼他们坐下，客气地说："不知道你们今天到，我应该去机场接你们。"

父亲说："不用麻烦你，我们坐大巴一直到酒店，很方便。"

"是第一次来中国吗？"

"是呀，以前没有机会。"

"觉得北京怎么样？"

"和我们以前想象中完全不一样，简直太不可思议了，北京很美。"父亲抑制不住兴奋的心情。

"没想到北京有那么多的高楼大厦，马路宽阔，到处是绿植，是个很好的地方。"母亲也兴奋地说。

路易莎趁机说："爸、妈，这下你们就放心我留在北京了吧。"

父母相互看了一眼，父亲说："倒是可以考虑，但现在决定还有点早。"

这时，菜一道一道上来了，江遇舟说："饿了吧，先吃饭，边吃边聊。"

父母拿起筷子，但不知怎么用，江遇舟说："还不习惯用筷子吧。"于是让服务员拿来三副刀叉，父母各取了一副，路易莎坚持选择用筷子。

江遇舟问："这次来中国要待几天？"

"七天。"父亲回答。

"那是怎么安排的？"

"我们计划在北京玩三天，然后去上海，从那里回西班牙。舟，你有没有更好的建议？"母亲问道。

"七天时间有点少，挑选一些著名的旅游景点吧。北京呢，我建议去故宫、颐和园、北海公园、景山公园，还要尝一尝北京烤鸭。上海呢，我建议在市区逛一天，尝尝城隍庙的小吃，然后去周边的两个小镇，很有中国特色。"

"好，你的建议听起来不错。"父母高兴地说。

这顿饭吃得轻松愉快。

路易莎跟父母说："你们先回房间吧，我要和舟聊一聊明天的行程，晚一点回来。"

父母和江遇舟握手告别后回了客房。

江遇舟说："吃饱饭了，咱们到外面走一走吧。"

路易莎说了声"好"，然后挽着江遇舟的胳膊，走出了酒店。

秋天的北京，白天，天高云淡，秋高气爽；晚上，繁星闪烁，秋风送爽，很是怡人。两人沿着酒店门前的这条路走下去，起初谁也没有说话。

过了一会儿，路易莎打破了沉默："舟，自从你离开我，我就一直在想什么时候能再见到你。记得吗？在剑桥，每天晚上，我们总是像现在这样散步。我当时说，愿意和你这样一辈子走下去，你也说愿意。所以当你离开后，你知道我是多么难过。"

江遇舟也动了情："我怎会不记得。我们在草地上依偎，像小孩子一样，唱啊跳啊，那时的我们多么惬意，多么快乐。"他想起了第一次和她接吻，第一次和她在床上……

"现在我来了，我们又见面了，我们还能像以前那样吗？"

江遇舟的思绪回到了现实："当然想，但是现在是在北京，我还有家庭的羁绊。"

"那你不爱我了吗？"

"不是，我还爱你。"

"爱我就应该和我在一起。"

"可是她怎么办？"

"离开她。"

"不行，她没有什么过错啊。"

"你说过你的思想很西方，但看来你不是，爱就应该在一起，不爱就分开。"她有些嗔怪。

“你给我些时间，让我好好想一想。”

“好，你要想清楚。”

“那你回去吧，明天还要早起。”

江遇舟陪着她原路走了回去，在酒店门口吻别。

10

浮出水面

苏子青刚进办公室，还没来得及换装，隋通的电话就来了："苏总，客户的股权评估过了，我这里有打印好的文件。"

"好，你拿着到我这儿来吧，我现在把叶总和何总约过来。"

"好嘞，苏总，一会儿见。"

苏子青挂了电话就给叶桐和何强发微信，让他们现在过来。他们很快回复："马上。"

她看了一下手表，时间来得及，于是从容地换好装，冲了一杯胶囊咖啡，悠哉游哉地等着他们到来。

这时，那娜敲门进来。

苏子青说："那娜来了，有事吗？"

那娜站在苏子青面前欲言又止："没事，就是来看你一眼。”

苏子青看她这副样子，断定有事，于是追问：“有事跟我说，没关系的，说不定我还能帮到你。”

那娜犹豫了一下说：“江总已经请了两天假了，今天一早又来电话说今天也不一定来，你说他会不会遇到什么事了？也许没事，是我瞎想。”

“说来也是，江总每天早来晚走，还从未请过假。”

“我也不好意思问他需不需要帮忙，真怕他有事不好意思张口。”

苏子青早就感觉到那娜对江遇舟很上心，今天来看还真是有点意思，于是就劝慰她：“要是不放心，就直接打电话问他，没关系的。”

“可我又怕打扰他。”

苏子青一听心里直乐，这么大人了怎么还像高中生呢：“好，我来打。”说着拨通了江遇舟的手机，打开免提：“喂，江总，你在哪儿呢？”

“我在机场送一个国外来的朋友，有急事吗？”

“没有，就是想向你汇报一下那笔业务的事。”

“那件事啊，咱们已经定了，具体的你就看着处理吧。”

“好，那你就忙你的吧，拜拜。”

苏子青挂了电话，笑着说：“你看，江总没事。”

那娜不好意思起来：“江总没事我就放心了，谢谢你啊苏总。”说完扭头走了。

苏子青想，这个江总还挺招人待见的，是啊，有领导能力、长得又帅、性格又好，当年自己不就是要找这样的人嘛，咳，现在时过境迁喽。

时间到了，苏子青来到会议室。

不一会儿大家都到了。

苏子青说："客户股权的评估报告出来了，咱们商量一下投资款占股权比例的事。"

隋通首先开口："按照现在市值来算，十亿投资款占10%的股权。"

叶桐马上说："和质押贷款一样，也要给股权打个折。"

何强连忙附和道："对，应该打个折，万一股权三年以后不值这么多钱了，我们就有风险了。"

隋通随即问："打几折合适呢？"

叶桐反问："你们一般做股票质押贷款打几折？"

隋通回答："优质的打七折，差一点的打六折。"

叶桐说："那就参照银行的质押贷款折扣来计算吧。"

何强说："我同意。"

苏子青见大家的意见统一了，就总结说："就按大家的意见办，至于最后是七折还是六折，等尽职调查结束后再定。叶总，你们是最后对接客户的，那么你来组织尽职调查吧，隋行长参加，我们资管部也派人参加。"

大家一致说："好。"

何强和叶桐出了银行，何强说："快到中午了，咱们一起吃个饭吧。”

“好，就去茶餐厅吧。”

两人进去点餐。

在坐下来等餐的时候，何强感慨地说：“我有点疑惑，你说苏子青又能干又能挣钱，可听说她老公就是个普普通通的人，她图她老公什么呀？”

“这你就不懂了，钱固然重要，但是还有比钱更重要的。”

“那是什么？”

“我给你讲个故事你就明白了。”

“那好，我听着。”

“一天，一个男人和一个女人并排走在斑马线上过马路，突然一辆汽车闯过红灯朝着斑马线快速冲了过来，当时女人吓傻了，没有做出任何反应。说时迟那时快，只见那个男人抱起女人往后一抡并迅速转过身，下一刻汽车擦着男人的后背疾驶而过。太危险了，女人现场瘫坐在地上，不敢回想刚才的一瞬。”

“你是说那个女人是苏子青，男人是她老公？”

“算你聪明。从那时起，苏子青坚定地认定她老公就是她终身的依靠，她不在乎他当不当官，挣不挣钱，也不管世俗的眼光。”

“原来是这样，理解了。”

“我很羡慕苏子青找到一个能够为她舍命的男人，要是有一个男人这么对我，我也会死心塌地地跟定他。”

何强没有说话，他瞬间明白了为什么追了苏子青这么多年，苏子青始终无动于衷。

江遇舟接到苏子青电话的时候，他正在机场送路易莎和她的父母去上海。三天来，他陪他们逛了大半个北京城，品尝了几乎所有的北京美食，他们玩得很开心。

路易莎的父亲握着他的手，感激地说："舟，这几天辛苦你了，我们走了，你好好休息休息。"

路易莎的母亲也一再表示感谢："是的，舟，带我们去了那么多好玩的地方，请我们吃了那么多好吃的东西，我们了解了中国，认识了北京，不虚此行，谢谢舟！"

江遇舟说："不要客气，我和路易莎是好朋友，好朋友的父母就是我尊敬的长辈，你们玩得开心，吃得高兴，我也高兴。希望下次有机会再来北京。"

路易莎道别时说："舟，我父母很开心，他们非常喜欢你，他们已经同意我留在北京了，等着我，三天后我就回来。"

这时候，机场广播传出开始登机的通知。

三人一一与江遇舟拥抱告别。

江遇舟做了三天导游，虽然身体有些疲惫，但是心里很愉悦。路易莎的父母性格随和，很好相处，他们对于北京的过去和现在都非常感兴趣，他们觉得度过了几天美好时光。

但对于路易莎他还没想出与她相处的好办法，他心里清楚她之所以来北京，至少有一半是因为他。他们在剑桥时能够在一起，除了两人相互喜欢之外，还因为特定的时间和环境。当时他们都在异国他乡，远离亲人，需要温暖，需要慰藉。两年时间可不算短，他们朝夕相处在一起，怎么会不产生深深的感情，何况他们是那么喜欢彼此。

两年之中的几个假期他都没回北京，而是和路易莎游了整个欧洲。他想起黎蕊说的话，在她最需要他的时候，他不在她的身边，想到这里，他感到一丝丝的愧疚和自责。但他回来后，对黎蕊未有久别重逢的冲动，而黎蕊对他也缺乏“饥渴难耐”的激情，他们在情感上彼此疏远了。时间真是个怪物，能让人朝思暮想，也能使人感情淡漠。

黎蕊今天就回来了，他不知如何面对，他是坦诚相告自己过去两年的过往，还是继续隐瞒下去？原以为与路易莎已成为不会再相见的路人，没想到她又出现在他面前，带着一颗炽热的心，而且又在他心中激起涟漪。三天之后，路易莎就回来了，当务之急就是如何同时面对两个他都爱的女人。

他在去银行的路上绞尽脑汁拼命思考，也想不出个答案，最后他想晚上与黎蕊谈一谈。

江遇舟刚进办公室，那娜就跟着进来了：“江总，这几天忙什么呢，也不跟我们说，大家都来问呢。”

江遇舟笑了笑：“是别人想问还是你想问呢。”

那娜一下子脸就红了，急忙遮掩说：“关心领导有什么不对吗？”

“没说不对啊，不过真的谢谢你的关心，我好感动，那娜你是个好女人。”

这时，苏子青也来了，看见那娜在，就调侃说：“江总真有福气啊。”

“哈，我有什么福气？”

“有人惦记呗。”说完看着那娜笑了起来。

那娜的脸又红了，说：“这是综合处的职责。”

江遇舟觉得玩笑不能再开下去了，于是就问苏子青：“那个明股实债项目进展得怎么样了？”

苏子青连忙回答：“上午四方又碰了一次，准备做尽职调查了。”

“那就抓紧做吧，快到年底了，再增加点业绩。”

“好的。”

江遇舟很快把几天积压的事处理完了，下班时间一到就回家了。

江遇舟进了家门，发现黎蕊已经在家，他关心地问道：“你回来了，这次写生完成得怎样？”

“基本成画了，不过有些地方还需要再画一下。”

“你看着有点疲惫，是不是累了，我知道画画是个很辛苦的活儿。”

“习惯了。”

“你批评得对，我回来之后，光忙着我工作的事，对你关心不够，你看，连你的工作室我都没去过。”

“没关系，你也挺忙的。”

“现在咱们俩的作息时间也不一样，我早晨上班时，你还在睡觉，晚上你回来，我又该睡觉了，连说话交流的时间都没有。”

“老夫老妻了，不用说那么多话。”

“我在剑桥的时候学业也挺忙的，到了假期也没回来，现在想想挺不应该的。”

“我知道你很忙，我能照顾自己。”

“我一人在外，不忙的时候也想你也想家，所以能理解你。”

“过去的事，我们都不要想了，想了也没用。”

“我还是想和你说说我在剑桥的事。”

“不要说了，过去的就让它过去吧。我有点累，想洗澡睡觉了。”

江遇舟看到她不想继续谈下去了，只好把本想说的话咽了回去：“那好，你洗澡睡觉吧。”

谷树一直等的电话终于来了，他又来到了咖啡厅。

见到咨询师之前他很期待，但此刻心里却有点小紧张，因为不知道最终会调查出什么结果，他问：“怎么样？”

“黎蕊去外地了，我一直跟踪，她住进了一家五星级酒店，连着两天晚上都有一个男人去她的房间，后半夜才离开，那个男人进出她的房间我都拍了照。”

“他们在房间里干什么？”

“这个我不知道，因为我无法进去。”

“那个男人是谁？”

“我查清楚了，介绍别人去买画儿的人是他，付工作室房租的人也是他。”

“那个人究竟是谁？”

“我还是别说了，你知道了恐怕对你不好。”

“我不怕，你一定要告诉我。”

咨询师四下望了望，把嘴贴近谷树的耳朵，轻声说出了一个人的名字。

谷树听到这个名字大为震惊，万万想不到怎么会是他呢！

谷树像喝醉了酒一样跌跌撞撞出了咖啡厅，这个世界太小了，什么奇葩的事都会发生。

他想找个人聊聊，可是和谁聊呢，谁会相信呢。

只有一个人可以聊。

他开车向京丰大厦奔去。

谷树来到屋顶花园的时候，李海天正在看一段视频，他一看谷树来了，就关了视频，打招呼说：“谷树，你怎么来了？”

谷树一屁股坐在沙发上，惊魂未定地说：“舅舅，出大事了！”

李海天抬起头：“出什么事了？”

谷树拿出几张照片递给他："你看看这个人是谁？"

李海天接过照片看了一眼，扔到茶几上，问："这是怎么回事？"

谷树就把调查江遇舟的事情前前后后说了一遍，然后说："万万没想到结果是这样的。"

"现在当大官的没有一个是禁得起调查的，没有例外。"李海天镇定地说。

"那我怎么办？"

"这件事你就不要再继续掺和了，该上班上班，该干什么就干什么，而且对谁都不要讲，我来处理。"

"你怎么处理？"

"这不是你应该打听的事，不要管了，日后你会知道的。"

谷树听舅舅这样说，自然也就不再继续问了。

那娜来找江遇舟："江总，一会儿下班跟我走，别坐肖力的车了。"

"你要带我去哪儿？"

"别多问，到了你就知道了。"

"到底什么事啊？"

"我哥请你吃饭。"

"怎么也应该是我请他啊，怎么能让他请我呢。"

"你就别矫情了，有人请吃饭这不是好事嘛。"

"好好好，礼尚往来，下次我请他。"

那娜开着车，江遇舟望着车外，心中疑惑：怎么开到自己熟悉的地方来了？咦，那不是老爷子的疗养院吗？

那娜停好车："下车吧，别发愣了。"

江遇舟跟着她一同进了老爷子的家，她看到老爷子就说："姑父，江遇舟来了。"江遇舟听见那娜管老爷子叫姑父，就纳了闷了，他们难道是一家人吗？

老爷子笑呵呵地说："小舟，你来了就好。"

老爷子招呼他们俩坐下，抱歉地说："你看你们都来了，这个请客的还没到。"

老爷子话音刚落，那嘉就进门了："姑父，谁说我没到，我这不是来了嘛。"

"来了就好，一起上桌吧，菜都上来了。"

江遇舟和那嘉相互谦让了一下坐在了桌前。

老爷子见江遇舟现在还没回过味来，就说："小舟，我老伴儿是那嘉的亲姑姑，我是他的姑父，这下明白了吧？"

江遇舟终于明白了，他有点不好意思："明白了，我这脑子没转过来。"

那嘉客气地说："江总，你当时救了我姑父一命，我姑父总念叨要谢谢你，而我之前没有对上号，直到那天见面我才知道救命恩人就是你。我跟我姑父说请你吃顿便饭，可是你也知道，监管部门纪律严格，所以就请你在家吃，你别介意。"

江遇舟连忙说："还是在家里吃饭好，又好吃又卫生。"

老爷子说："这些食材都是那嘉采购的，小李做的，希望你喜欢。”

江遇舟不住地点头：“好吃，好吃。”

那嘉最近一直关注着在停止资金池运作之后银行资金监管的动向，于是忍不住问：“江总，你们现在怎么运作理财资金？”

江遇舟笑着说：“银行都快被逼上绝路了，我们只能是上有政策下有对策了。”

“怎么讲？”

“资金池是多个产品对多个资产，而我们现在做投资组合，一个产品对多个资产。”

那嘉也笑了：“这涉嫌偷换概念吗？”

“从现有政策来看，我们并不违规，而且从风控角度来看，我们不把鸡蛋放到一个篮子里，降低了风险，符合监管要求。”

“江总挺聪明啊。”

“不聪明不行啊，每当出了新政策，我们都要创新，否则就活不下去了。”

“哈哈，就这么创新啊。”

“见笑见笑。”江遇舟也忍不住笑了起来。

这时老爷子说话了：“那嘉，今天是请小舟来吃饭的，怎么又没完没了地谈工作，要谈的话，明天上班谈。”

那嘉连忙说：“听您的，吃饭。”

这顿饭大家吃得很愉快。

11

厮　杀

时间过得飞快，三天一晃就过去了，路易莎从上海回到了北京。

江遇舟和路易莎商议她在北京做什么工作。

江遇舟说："你说说你的打算。"

"我早就想好了，我想做西班牙和中国之间的进出口贸易，现在两国的贸易越来越多，机会很多。"路易莎笃定地说。

"你的想法不错，我支持。不过你需要做些准备。"

"准备，做什么准备？"路易莎有点疑惑。

"语言是做进出口业务的重要工具，你人在中国做国际贸易，首先要会中文。"

"我会中文啊，跟你交流就没有问题。"路易莎有点不服气。

“一般的对话你是没有问题，但你需要与中国商人进行商务谈判，还得看得懂商品说明书、贸易合同啊。”

“那你说怎么办？”

“我建议你去语言学校学习中文，同时在外贸学院学习进出口业务知识，之后再到贸易公司工作，北京有很多家西班牙的公司，它们需要会中文懂业务的西班牙人，你会很抢手的。”江遇舟耐心地说。

“你说的‘抢手’是什么意思？”

“就是都争着欢迎你去他们公司工作。”

“舟，我懂了，你说得很对，我听你的。”

“好，我现在就联系语言学校和外贸学院。”

现在网络发达便捷，路易莎很快就收到了入学申请书，江遇舟帮助她填写发送，然后就等着回复。

江遇舟说：“我看过招生章程，你完全符合要求，你肯定能入学的，所以你现在要解决的是住房问题，入学之后不能住酒店了，又贵又不方便。”

“那我住在哪里比较好？”

“我觉得学校里的留学生宿舍是首选，据说条件不错，都是单间。如果不合适可以在学校附近租一个单人公寓，租金可能稍微贵一点，但无论住在哪里，你都不要担心钱的问题，我可以帮助你。”江遇舟诚恳地说。

“不，不，我不要你的钱，我有钱，我自己有一部分，父母给了我一部分，再说以后我还可以打工。”路易莎拒绝道。

江遇舟了解西方人的独立，他尊重路易莎，于是说："好，但你万一遇到困难时请不要犹豫，直接告诉我。"

"舟，谢谢你！"

江遇舟安排好路易莎之后，心里一块石头落了地。

叶桐最近因为项目的事与何强见面较多，但她发现何强聊天时只要说到苏子青，话就多，而且常常问有关苏子青的事情。她隐隐约约觉得他们两人之间可能有故事，至少何强追过苏子青。她虽然相信苏子青，但还是觉得不舒服，于是想和苏子青聊聊。

她给苏子青发微信："姐们儿，忙啥呢？"

苏子青回复："刚开完会。"

"正好，出来聊聊天呗。"

"好吧，出去透透气。"

"在咖啡厅等你。"

"一会儿见。"

金融街有好几家咖啡厅，生意都特别好，她们常去的这家相对高档一些，自然消费也稍高一点，所以来的人也相对少一些。

苏子青进了咖啡厅，一眼就看到了叶桐，快步走过去。

叶桐说："来了，还挺快。"

"那是，挂了电话就出来了。"

"好，已经为你点好了，美式咖啡加奶，一块提拉米苏。"

“还是姐们儿了解我。”

“当然，我不了解谁也了解你呀。”

“对了，项目的事怎么样了，哪天去尽职调查啊？”

“这几天就去。哎，别整天就说项目，能不能说点别的。”

“别的，可以啊，说说你和何强进行得怎么样了，哪天喝你们的喜酒啊？”

“喝喜酒，那得猴年马月骆驼日了。”

“你们最近不是接触很多吗？”

“是很多，可每次聊天都深入不下去。”

“为什么啊？”

“不知道，就聊到你时他话比较多。”

“聊我什么呀，我可不当你们的下酒菜。”

“你说何强是不是喜欢你呀？”

“不能吧，我在诚远的时候，我俩虽然在公司常常见面，但很少单独在一起，谈话也只限于工作上的事情，离开诚远后，我们联系不多，有事基本上都是通过电话或微信。”

“那就奇了怪了，难道是我的错觉？”

“也许是吧，是不是你太敏感了。”

“姐们儿，你别怪罪我，我还真的分析过，何强可能暗恋你。”

“这不可能，我从来没有感觉到，何况我是有夫之妇，孩儿他妈。”

“是呀，说的是，再说你和向志勇那么恩爱。”

“当然了，在我眼里，在我心里，向志勇是最帅、最棒的男人。”

“得了，一说到向志勇你的话就没完没了。”

苏子青很得意：“姐们儿，世界上好男人很多，但找就找一个能让你安心的人。少女时代，我总是向往偶像剧般的甜蜜热恋，希望自己的另一半又帅又有钱，可是现在我明白，容貌、金钱已经不是最重要的事情了。向志勇能够让我安心，和他在一起我不会被束缚，可以无忧无虑地做着自己想做的事情，我不用担心日后的风风雨雨，因为他就站在我身边，成为我的盔甲。记住，两个人在一起，最重要的是对彼此的感觉。”

听着苏子青敞开心扉聊向志勇，叶桐是既羡慕又嫉妒，心里有点酸酸的，但有一件事她放心了，就是苏子青与何强真的没有故事，何强大不了就是对苏子青有好感。

陆达在去屋顶花园的路上。

今天突然接到李海天的电话，陆达就觉得很不寻常，他说的话更是令人摸不着头脑，说什么“对你来说是生命攸关的事情”，简直是莫名其妙。

他们两个是大学同班同学，更确切地说，他们是一对竞争者，也是一对冤家。在班里，陆达是支部书记，李海天是班长，在学习上，他们永远是前两名。他们处处竞争，互不服气，甚至追同一个女生，一人请她吃饭，另一人就陪她逛街，一人请她看电影，另一人就陪她看话剧……但最终两人谁也没有追上，女生跟一个富家子弟去了美国。大学毕业，两人的竞争并没有因此而结束，陆达进了银行，李海天涉足商界，两人虽然绝少联系，但密切地关注着对方的任何消息。超过对方或许成为两人竭力奋斗的动力之一，可以说没有两人之间的竞争，也就没有今天的他们——优秀的银行家和成功的企业家。但李海天今天的突然邀请对陆达来说还是个谜。

陆达到了屋顶花园，李海天迎候在电梯门口："陆兄，久违了，欢迎来到我这小小的私人花园。"

陆达颇为客气地说："海天兄，难得一见，不胜荣幸。"

两人没有握手。

分主宾落座后，李海天问："陆兄，我这里各种茶都有，不知你喜欢喝哪种？"

陆达回答："我喜欢喝咖啡，不知有没有牙买加蓝山咖啡？"

"陆兄依然是趣味高雅、与众不同啊，那就只能屈尊陆兄喝白水了。"

"如此便好。"

"今天请陆兄来，不为叙旧，只为我的外甥谷树。"

"为谷树何事？"

"贵行似乎对他不太公平。"

"怎么不公平？"

"在贵行遭遇钱荒时，我与贵行达成交易，解囊相助二十亿，条件是让谷树担任总经理，没想到贵行竟然食言。"

“哈哈，原来海天兄为此事耿耿于怀，真是大可不必。”

“此话怎讲？”

“你的二十亿并未起到大作用，我们的大批资金随后就到了，我们是一家大银行，不是一家小钱庄，不缺钱。至于谷树嘛，你是利用了郭守志的恐慌心理，从而达成所谓交易。再者，资金链断了衔接不上，完全是谷树的责任，他没有做好资金的对接。你说，谷树能够胜任总经理吗？”

“陆兄，情况并非如此吧？”

“那你说是怎么回事。”

“原因有三：其一，你不满意郭守志未向你请示就与我达成交易；其二，你知道了谷树是我外甥；其三，你是为了兑现对一个女人的承诺。”

“海天兄，这有点儿荒诞了，不能信口雌黄。”

“那我问你，今天我和你说了，你会提拔谷树吗？”

“这个嘛，我不能因私废公，提拔是要看能力的。”

“好，陆兄，看来你是不撞南墙不回头啊，那我请你看一段视频吧。”

李海天把一段视频从手机投屏到电视上。

陆达一看画面上的人是自己和黎蕊，两人正在床上做爱，他大叫一声：“别放了！”

李海天关闭了投屏。

“陆兄，还需要说什么吗？”

“你太卑鄙，太无耻，竟然偷拍我！”

“对不守信用的人，也只能用点特殊手段了。”

“说吧，你有什么条件？”

“就一个条件，让谷树当资管部总经理。”

“这个不行，江遇舟上任几个月得到上下一片赞誉，我没有理由撤换他。”

“那好，我退一步，无论哪个业务部门都可以，但必须是总经理。”

“这个可以考虑。视频怎么处理？”

“你放心，我不想毁你，你混到今天这个位子也不容易，等谷树被任命之后，我当着你的面把它删除。”

陆达离开屋顶花园坐进车里，冷汗一下涌了出来，他看到视频的时候感觉如遭雷击，内心翻江倒海，但他凭着绝不能在李海天面前认输的坚强信念，拼命克制自己，没有露出一丝的慌乱。但此时，他惶恐不安，如果这个视频落在别人手里，他的一切就完蛋了。最近，有人透漏消息给他，说上面正在考虑把他调到另一家大银行担任董事长，在这个节骨眼上如果出问题，不但无缘董事长，连现在的行长职位也保不住。

但是和李海天做这笔交易，没那么容易，因为除了郭守志，其他的行领导都不看好谷树，而他上一次在讨论资管部总经理的人选时，也说了好多不利于谷树的话。当然，他是行长，如果坚持，别人也不好极力反对，但有点自己打自己的脸了。看来得利用郭守志了，他对于谷树没被提拔一直到现在还耿耿于怀。

对于黎蕊，他很歉疚。他觉得黎蕊太无辜了，平白无故被卷进这场争斗里来，可是让她平安无事也没那么容易，除非李海天真的罢手，真的放自己一马。自己与他明里暗里竞争了这么多年，本来是打个平手，没想到自己“大意失荆州”，让他拿住把柄占了上风。哎，自己怎么这么没有警惕性呢。

陆达打定主意：这件事不能让江遇舟知道。起初他并不知道黎蕊的丈夫是江遇舟，只听她说过她的丈夫也在银行工作，后来顺口问了一句，才知道的。他很赏识江遇舟，认为他很有才华，很有能力，江遇舟回国后，他提拔重用他，并不是因为黎蕊，更不是因为愧疚而对他补偿，而是认为他堪此重任。如果江遇舟知道了他和黎蕊的关系，会发生什么，他无法预知。

叶桐与苏子青聊完之后，一直想找个机会与何强好好谈一次。正好何强约她见面谈项目的事，于是她推掉了其他事情与他会面。

见面落座后，何强说：“这个咖啡厅最近新推出一种甜点，叫日式蒙布朗蛋糕，据说很好吃，要不要尝一尝？”

“好哇，来一份吧。”

很快，咖啡和蛋糕上来了。

叶桐用叉子叉了一块蛋糕放进嘴里，吃完后赞叹：“好吃，不太甜，吃着不腻。”

何强高兴地说：“好吃就把它都吃掉。”

“你也来一块尝尝。”叶桐说完拿起另一只叉子递给何强。

何强也尝了一块说："好吃，真的好吃。"

"我觉得喝一口咖啡，吃一口蛋糕，简直是绝配。"

"那以后我们喝咖啡时，就这样搭配。"

何强见叶桐高兴，便说："看来美味使人愉悦。"

"是啊，一点不假。"

何强说："咱们一边吃着美味，一边聊聊那个项目的事吧。"

"最近见面光谈项目的事了，咱们都快成为纯粹的工作伙伴了，今天还是聊聊咱俩的事吧。"叶桐有点抱怨地说。

"你我不是一直在交往吗？"何强有些不解。

"但我觉得我们似乎不像在谈恋爱。"

"怎么会呢？"

"你瞧瞧，见面经常在咖啡厅，主要谈的都是工作，哪像恋人呀。"

"那你说应该如何？"

"起码应该看看电影，看看演出，逛逛街什么的。"

"那不是都一样嘛。"

"我看你还是没有把我当作你的女朋友。"

"怎么可能？"

"这么长时间了，你说过喜欢我吗？更别提说爱我了。"

何强自知理亏，但还是强词夺理："喜欢你、爱你，就非得挂在嘴边吗？"

"当然，如果你发自内心地喜欢我、爱我，就一定会表达出来的。”

何强有点扛不住了，他没有再继续辩解。

自从那天听完苏子青和她老公的故事，他就知道对苏子青再追下去也不会有自己期望的结果，准备放弃了。他认为叶桐是个合适的结婚对象，他也想奔着结婚和她交往，但对她怎么也没有激情。看样子叶桐今天是想跟自己摊牌了，要么牵手，要么分手。他大脑现在快速地分析着可能出现的几种情况，最好的、最坏的、不好不坏的。最后他决定与叶桐牵手，因为一旦错过，今后很难再遇到这么合适的人了。

于是他望着叶桐说：“我喜欢你，愿意和你在一起。”

“真心话？”

“是的，发自内心的。”

“那你愿意公开我们的关系吗？愿意我见你的朋友和家人吗？”

“当然愿意。”

叶桐不禁兴奋起来，终于把他拿下了！

何强站了起来说：“走，我们先去吃饭，然后去看电影。”

叶桐随即站立起来，挽住何强的胳膊说：“走！吃饭，看电影！”

12

无　奈

人的一生，从一个故事到另一个故事，有些故事是那么平淡无奇，有些故事却改变了一个人的一切。

陆达一早就把郭守志叫到了自己的办公室，他和蔼地说：“郭行长，这些日子我在考虑谷树的提拔问题，不知他最近表现如何？”

郭守志一听心里很高兴，这个陆达还真说话算数，终于要兑现承诺了，连忙说：“谷树表现不错，没当上总经理也没闹情绪，和江遇舟配合得挺好，前几天我还问过江遇舟，他说谷树情绪很稳定，工作态度认真，挺有能力，如果有机会可以到其他部门当一把手。”

陆达说：“既然这样，连江遇舟都推荐他，那我们可以考虑提拔他了。”

“是的。”

“那你认为把他安排到哪个部门好呢？”

“他一直在业务部门工作，最好还是到业务部门比较好，能发挥他的专长。”

陆达想了一下说：“可是一线部门没有空缺啊，他在资管部不是一直负责风控嘛，我看把他安排到风险部吧，说来风险部也算业务部门，先提拔起来，以后有合适机会再重新安排。”

“可是风险部有总经理啊。”

“是的，但他年龄 58 岁了，过了年 59 岁，准备退休了，到时候让他继续享受总经理级待遇。”

郭守志想，现在职位还真没有空缺，只能这样了，于是说：“那就这样安排吧，我没意见。”

陆达说：“你分管资管部，提拔谷树的事你提个建议报给我，然后我们在行务会上讨论，如果大家没有意见，就责成人力资源部走程序。”

“好的。”

陆达连着几天晚上失眠，有时似乎睡着了，其实并没有，稍微有什么声音或动静，立刻就醒了。

别说陆达，换个什么人遇到这种事，恐怕也会如此。他惶恐不安，总觉得身上绑了个炸弹，不知什么时候就炸了，如果真的炸了，他也就毫无顾忌了，要命的是炸弹的控制器掌握在别人手中，什么时候炸，自己完全没法控制。

还让他非常恼火的是，一般人碰上难受的事，可以找朋友或其他人聊一聊，倾诉倾诉，倒倒苦水。而他没有人可以倾诉，也不可能和任何人倾诉，只能自己默默地承受。人的承受力是有限的，超过极限，精神可能会崩溃。他深知这一点，他想必须要找个人说一说，释放自己的压力。

于是，他给黎蕊发了个微信："晚九点到。"很快黎蕊回复了一个笑脸。

晚上，陆达穿了件风衣，把领子立起来，戴了顶帽子，戴着墨镜和口罩，打了辆出租车出发了。他在离公寓很远的地方就下了车，一路上左看右看，没发现有人跟踪后，迅速地进了公寓。

得知陆达要来，下班时间一到，黎蕊就催促画师们离开了。工作室是一套四居室的房子，客厅和两间屋子作画室，一间作办公室兼材料室，还有一间是卧室，留作黎蕊的私人休息室。

陆达轻轻敲门，门开了，黎蕊一看陆达这副打扮，觉得奇怪又好笑。陆达进门后，到其他房间看了一眼确定无人后，才走进卧室。

黎蕊反锁了门之后就进了卧室，等陆达进来后就走上前去帮他脱下风衣，摘掉帽子、墨镜和口罩，然后好奇地问："大宝贝，出什么事了，你今天怎么这副打扮？"

陆达没有说话，惊魂未定地在卧室里转了好几圈，没有发现可疑的地方，才呼出一口长气，在沙发上坐下来。

黎蕊走过来坐在陆达的腿上，双手捧起他的脸颊，看着他的眼睛，又问：“到底出什么事了，你这么惊慌失措？”

陆达叹了一口气说：“哎，一言难尽啊。”

黎蕊晃着身子撒娇地说：“告诉我嘛，出什么事了？”

“告诉你，你可不要害怕。”

“我不害怕，和你在一起我什么也不怕。”

“那我告诉你，前几天咱们在那个酒店里被人偷拍了。”

“啊，真的吗？”黎蕊身子停止了晃动。

“是真的，他们放给我看了。”

“他们是什么人，为什么要拍我们？”

“是想让我提拔一个人。”

“你提拔就是了，需要拍我们吗？”

“他们担心我不同意，以此来要挟我。”

“那你怎么办？”

“我没有选择，只能照办，否则他们就会发给我的上级或者发到网上。”

“他们简直就是流氓无赖！”黎蕊气愤地从陆达的腿上站起来。

“那你提拔了那个人，他们会删除视频吗？”

“他们是这么说的。”

“可万一他们不删除呢？”

“我也没有办法。”

“那他们就可以永远威胁你，只要你有一次不顺从，他们就会毁了你，而我也就毁了。”黎蕊感到害怕。

“小蕊，你别害怕，事情可能没有那么糟。”陆达安慰说。

“那我现在应该怎么办？江遇舟会不会知道？”

“你现在该干什么还干什么，就假装不知道，江遇舟应该不会知道的。”

“如果他们只是把视频发给你的上级还好，如果发到网上，所有人都会看到，那我可就毁了。求求你，答应他们的任何要求，千万别弄到网上。”黎蕊急得眼泪流了出来。

“小蕊别哭，我会处理好的。”陆达现在后悔把这件事告诉黎蕊了。

陆达劝慰了黎蕊半天，黎蕊才不哭了。

在未知恐惧的笼罩下，他们也没有了欲望和激情。

黎蕊失魂落魄地回了家。

江遇舟还没睡，在看一份资料，看到黎蕊回来得这么晚，脸上还有泪痕，于是关心地问：“出什么事了？”

黎蕊连忙掩饰地说：“没什么，和画师闹了点别扭。”

“你看我和你说了多少次了，不行就把工作室关了吧，不但挣不了多少钱，还闹得不愉快，何苦呢。”

“你不懂。”

“你喜欢画画，每天就在家里画呗，用不着搞什么工作室，多费神呢。”

“我说了，你不懂，你不要管我的事！”黎蕊大声嚷嚷起来。

“你是我老婆，我才管你，要是别人的事，我才懒得管呢！”

“我从来不问你的事，拜托，你也别管我。”说完转身进了浴室。

打开花洒，水喷洒在头上、身上，黎蕊的眼泪像断了线的珠子顺着水往下流淌。她想，好端端的事情怎么变成了这个样子？太可怕了，她感到无助和无奈。

在讨论人事安排的行务会上，由于郭守志的力荐，陆达的坚定支持，会议通过了提拔谷树的事项。

会议一结束，郭守志就把谷树叫到他的办公室，把这个消息告诉了他，并嘱咐他最近小心点，人力资源部在走流程，工作千万别出差错。

谷树立刻打电话把这个消息告诉了李海天，并且问他使了什么手段。李海天说：“你什么也不要问，你什么也不知道，但这段时间你别出什么幺蛾子，千万把自己管好了。”

他想，郭守志和舅舅都叮嘱自己别出事，是不是自己和夏雨晴的事有风言风语了，可别因小失大，和她分手吧，反正对她也有点腻烦了。于是谷树约夏雨晴在酒店房间见面。

几天未见，两人激情四射，一阵颠鸾倒凤之后，双双躺在床上喘着粗气。

谷树伸出手臂把夏雨晴搂在怀里，不无遗憾地说："雨晴，这是我们最后一次约会了，其实我真的不想和你分手。"

夏雨晴一听立刻坐了起来："什么？你要和我分手？"

"是啊，天下没有不散的筵席。"

"为什么？你不爱我了？"

"爱，但是我们不会有未来，所以长痛不如短痛。"

"既然你还爱我，我也爱你，我们就应该继续爱下去，我不要什么未来！"夏雨晴很激动。

"不行，实话告诉你，我要被提拔了，我不能让咱俩的事影响我的仕途，你爱我，就要为我考虑、为我着想。"

"你骗人，你就是玩腻了，想把我一脚踢开！"夏雨晴叫喊起来。

"我说的都是真的，我没有骗你。"谷树拼命解释。

"骗子，你就是个大骗子，满嘴谎言！"夏雨晴泪如雨下。

"你别哭，我真的没有骗你。"谷树把夏雨晴搂在怀里。

夏雨晴一把推开谷树："别碰我，你这个骗子！"

谷树开始穿衣服，夏雨晴坐在床上哇哇地哭。

过了一会儿，夏雨晴突然停止了哭泣，仰起头说："咱们在一起这么久，我真心地付出了我的爱，付出了我的感情，既然你这么绝情，那就要付出代价。"

谷树说："你要什么？"

"一百万。"夏雨晴斩钉截铁地说。

"你疯了吧！"

“我没疯！这是对你这个骗子的惩罚！”

“我请你吃饭，给你买衣服，买化妆品，你妈妈生病我还给了你两万块钱，我对得起你。”谷树愤愤地说。

“你对不起我！世间情是无价的！”

“我告诉你，你不要胡搅蛮缠！”谷树大声喊道。

“你如果不给我，我就把咱俩的视频放到网上去。”夏雨晴冷笑道。

谷树一听就要过来抢夏雨晴的手机，夏雨晴一动不动地说：“手机你拿走也没用，我的电脑里有备份。”

谷树真的怒了：“夏雨晴，你真的要毁我吗？”

夏雨晴毫不示弱：“毁了你又怎样！”

谷树实在按捺不住心头的怒火，他冲了过去，手抡圆了狠狠扇了夏雨晴一个大耳光。

这个耳光打得太重了，夏雨晴顿时疼得嗷嗷叫。

“你要是敢毁我，我就杀了你！”谷树咆哮着摔门跑了出去。

夏雨晴又气又疼，哇哇直哭。

她知道谷树再也不会找她了，她的爱情鸟飞走了，她伤心欲绝，悲痛万分。她对谷树是动了真情，她真的爱他。可他太决绝了，下手这么狠、这么重，这一巴掌让夏雨晴由爱变成了恨。

她拿出手机，找出视频，把自己的脸打上马赛克，并配上一行文字：“银行渣男出轨女大学生。”她想发送出去，但又犹豫了，因为她知道一旦发送出去意味着什么，他们毕竟爱过一场。但她摸了摸被打肿的脸，感到火辣辣的疼，她一狠心点了发送。

世上有一种挚爱，一旦缘起，便会随时可以疯狂；世上有一种深情，一旦缘灭，也便永远封存；世上有一种泪水，一旦涌动，定是逆流成河。

没过几天，路易莎的入学申请就批下来了，她很高兴，立刻告诉了江遇舟，江遇舟也很高兴，陪她来到语言学校，帮她办好入学注册，又帮她办好留学生宿舍入住。这个宿舍有两间卧室，两个人各住一间，客厅、厨房和卫生间都是合用。

路易莎没想到一切都这么顺利，她感激地说："舟，没有你的帮助，不会这么顺利，谢谢你。"

江遇舟忙说："是你的运气好，好人都会有好运气。"

路易莎突然好像想到了什么："舟，我现在一切都安顿了，但是我想你了怎么办？"

江遇舟回答说："我会经常来看你的，只要不影响你学习。"

"不会影响，有你我才能安下心来好好学习，你是我学习的动力。"

江遇舟说："你入了学，我们应该庆祝一下。你说，想吃什么？"

“你说过海底捞火锅很好吃，但我还没吃过。”

“好，我们就去海底捞，吃完了再去唱歌。”

两人上了车，江遇舟驾驶着向餐馆驶去。

江遇舟第二天上班到得晚了一点，一进部门，就看见三三两两的人聚在一起看着手机说着什么，当看到他，都不言语了。他感到奇怪，进到办公室就叫那娜过来。

“那娜，发生什么事了？”

“您打开手机，看看热搜。”

江遇舟迅速点开，一段火辣辣的视频跃入眼帘，女主角脸上打着马赛克看不出是谁，而男主角分明就是谷树。

江遇舟大为震惊：“啊，这是怎么回事！”

那娜在一旁说：“这段视频是昨天半夜发的，一夜之间点击及转发量破千万，而且有人人肉出男主角就是咱们的谷总，现在大量公众号发文都在谴责他。”

“谷总来上班了吗？”

“来了，又出去了。”

江遇舟说：“我到郭行长那儿去一趟。”说着站了起来。

当他来到郭守志办公室门前，看到门虚掩着，里面传出郭守志愤怒的声音：“谷树，你瞧你办的这个缺德事，还弄到了网上，怕没人知道是吧，这下你可出了名了，咱们银行也跟着沾光！”

谷树低声下气地说：“郭行长，是我不好，我没处理好，给银行也抹了黑。”

“我为了你提职的事费了半天劲，好不容易成了，你又出这档子事，你让我怎么说你好呢。”

“郭行长，实在对不起，我辜负了您的期望。”

江遇舟觉得现在进去不太好，转身回了自己的办公室。

那娜尾随着进来：“江总，郭行长怎么说？”

“郭行长正在训斥谷总，我没进去。”

“那这事怎么处理？”

“我也在想这个事，对于谷总，受到的是个人损失，提拔肯定是泡汤了，但银行的声誉受到的损害程度难以评估，千万别对理财产品销售造成不好的影响。”

“您说得对，这种事别人还不好插手。”

“是啊，我们无能为力。”

“我觉得这个爆料人采用这种伤敌一千自损八百的极端做法，可能是因为谷总伤她太深了。”

“我们是局外人，不知个中究竟，还是不要妄加评论了吧。”

江遇舟和那娜唏嘘不已。

陆达一早也看到了谷树的视频，当看到网上对谷树铺天盖地的谩骂和谴责，他不禁心惊胆战，网络的力量也太可怕了，自己可不能落到这个地步。

于是他急忙拨通了李海天的电话：“海天兄，我已经兑现了我的承诺，但没想到谷树会出这样的事，我实在无能为力了。”

“这件事怨不得你，是他自己不好。”

“那我的视频你可得删除了。”

“暂时不会删。”

“为什么？你也要兑现对我的承诺才是。”

“我不删自然有我的道理，但我可以保证绝不会发到网上。”

“按照我们达成的协议，你应该立刻删掉。”

李海天呵呵笑了两声：“如果我告诉你我删了，你会信吗？告诉你，我李海天明人不做暗事，我要怎么做之前会告诉你。”说完把电话挂了。

陆达气得七窍生烟，但事到如今拿李海天一点办法也没有，他相信李海天不会胡来，但脑袋上边总悬着一把“达摩克利斯”之剑是很可怕的，他知道李海天就是要让自己有惶惶不可终日的感觉。

13

别无选择

谷树步履沉重地出了郭守志的办公室，走回自己的办公室，一路上银行里的人都躲着他走，看他都用异样的目光，他感觉自己就是众人面前一匹赤身裸体的色狼，羞耻感使得他不敢与人对视，他觉得银行里的人如此之多，回办公室的路如此之长。

他回到办公室后紧紧关上门，但仍然坐立不安。他想向夏雨晴求饶，求她删掉视频，可给她打了无数电话，她永远是关机，他没有勇气去学校找她。他想回家，可是想到柳芸，她会张牙舞爪地把自己撕碎，他不敢回。他又想去父母家，可等待他的肯定是无尽的谩骂和训斥，他也不敢去。如今只能去舅舅那里了，虽然不知等待他的是什么。

他拎着包避开人，躲躲闪闪地走出了银行，上了车，快速向京丰大厦驶去。

进了屋顶花园，看见李海天便冲了过去："舅舅，救救我，我没法活了！"

李海天一把推开谷树："你小子，胆量不小，还敢来见我！"

谷树一屁股坐在地上："舅舅，只有你能救我了。"

"我没有你这样的外甥，我的脸都让你丢尽了！"

"我就是怕以后出事，才和她分手的，没想到她这么狠。"

李海天的心逐渐平静了下来，在沙发上坐了下来："你小子起来，给我讲讲你的烂事儿。"

谷树赶紧站了起来，把昨晚的事讲述了一遍。

李海天沉思了一下，然后说："第一，夏雨晴对你动了真情，而你却伤害了她；第二，她提出要钱，并不是真的要敲诈你，你应该来一个缓兵之计，先稳住她，让她慢慢接受分手，你太性急了；第三，你绝不该动手打她，这一打，把她对你的爱打成了仇恨，她才会走极端报复你。你呀，太愚蠢，没有本事还敢招惹这样的纯情女孩，简直不知道天高地厚。"

"那您说我今后怎么办？"

"首先，你不要发声，也不要辩解，按照规律，网上的热度最多一周也就下去了。其次，把你的后院弄好了，任凭柳芸打骂吵闹，你都要忍，毕竟你伤害了她，无论如何不能离婚。再有，你在银行待不下去了，主动辞职吧，银行也不会为难你。"

“那我以后干什么？”

“我正在考虑，到时有结果自然会告诉你。另外，这两天先别回家，就住我这儿，我做做你爸妈的工作，过两天让他们陪你回家。”

“好吧，我听您的。”

“我早就跟你说过，尽人事听天命，看来你命中有此一劫。”李海天长叹了一声。

晚上，江遇舟回到家里，看见黎蕊坐在客厅的沙发上，没有看电视，好像在静静地想事。

江遇舟和她打招呼：“你已经回来了。”

黎蕊看了他一眼没有说话。

江遇舟坐到她身边：“今天的头条你看了吗？”

“什么头条？”

“都霸占热搜头条一整天了，你不知道？”

“我对这些八卦新闻不感兴趣。”

“这是我的副手谷树的视频。”说着打开手机让黎蕊看这个视频。

黎蕊看了一眼便心惊肉跳起来，她顿时想到了她和陆达也被人拍了视频，如果曝光了，是不是也会人人皆知。

江遇舟给她介绍：“这段视频点击及转发量已超过两千万，无数人在网上大骂谷树无耻，而谷树一早出去就没回来，他不敢上班。”

黎蕊想，她和陆达是不是也会遭此下场，开始惴惴不安起来。但她怕江遇舟看出破绽，就说："你好像对这种事特别感兴趣，但是我没兴趣，我去睡觉了。"说着站起来去了卧室。

江遇舟觉得她有些奇怪，但又不知为什么。

第二天，一直等到中午，黎蕊才给陆达打电话，因为陆达告诉过她尽量不要打电话，如果有急事就中午打。

陆达正在午休，一看黎蕊打来电话，连忙接起来："小蕊，有急事？"

黎蕊急急忙忙地说："谷树的事你知道了吧，我们的视频删掉了没有？"

"还没有，但对方承诺不会将视频发到网上。"

"啊，怎么说话不算话。"

"你也别太紧张，应该不会出事的。"

"我怎么会不紧张，一天不删除，我就一天不安宁。"

"好了，我会让对方删除的，你放心吧。"

黎蕊打完电话觉得放松了一些，但还是紧张不安。

这会儿，苏子青来到江遇舟办公室，告诉他明股实债的项目签约了。江遇舟高兴地说："那就好，又增加了一份业绩。"

"那个企业还真是个优质企业，看来这次应该不会出问题。"

"有把握？"

“当然有。”

“那就放心了。”

说到这儿，苏子青起来关上了门，然后又回来坐下。

“江总，听说那个女孩是学生，在读研究生，人长得漂亮，谷树把她玩腻了，就想一脚踢开，女孩觉得被骗了才把他曝了光。”

“这都是道听途说，究竟怎么回事我们局外人也无从知晓。”

“不过，这个谷树平时看不出来，没想到一肚子花花肠子，你们男人啊，真让人猜不透。”

“其实，男人和女人都一样，就看遇到的诱惑有多大，如果诱惑太大抵抗不住，最后都免不了投降。”

“男人更抵抗不了诱惑，不信试试。”

“人性是不能考验的，多少事都证明了人经不住考验，无论男人还是女人。”

“经不起考验其实是败给了自己，因为自己不坚定。”

“何为坚定？”

“我看江总你就很坚定。”

“别这么说，我也未必，也是要看诱惑有多大。”

“不管怎样，谷树这回是栽了，名声也臭了。你说这样的人还要把他提拔成总经理，也不知领导们是看走眼了，还是眼睛真有问题了。”

“咱们最好别妄加评论，毕竟不了解内情。”

“那倒是。”

谷树出事之后的第三天，李海天拨通了陆达的电话：“陆达兄，还有件事要麻烦你。”

陆达一接起李海天的电话就开始不耐烦：“还有什么事？不讲信用的人。”

李海天平静地说：“你和新凯达集团的董事长很熟悉吧？”

“不熟。”

“别张口胡说，我了解过，新凯达集团是你们行扶持起来的企业。”

“那又怎样？”

“他们计划资金部缺一个副总。”

“和你有什么关系！”

“当然有关系，我要让谷树过去当这个副总。”

“谷树还在我们银行，好嘛。”

“他在你们银行是混不下去了，要想办法啊，是吧？”

“这事我可管不了。”

“我和你说，这事如果成了，我就把视频删掉，不然别怪我不顾同窗之情。”

“你说话算数？”

“当然，这一次绝不食言。”

“我告诉你，你若食言，别怪我不给你面子，我能让他进得去，也能让他出得来。”

“好了，好了，算你狠，咱们君子一言快马一鞭，我静候佳音。”

陆达虽然嘴上强硬，但心里害怕，现在把柄攥在李海天手里，他说什么就是什么，不想帮也得帮，只能让他牵着鼻子走。

陆达定了定神，给新凯达集团董事长曲径打了电话，对方一口答应，然后说希望那笔贷款早点批下来。

陆达答应道：“新凯达是我们的老客户，咱们是签了长期合作协议的，贷款没有问题，我催一催。但是谷树的事希望尽快落实。”

曲径说：“如果方便，明天就可以来上班。”

“老兄做事真是雷厉风行，我这就告诉他。”

陆达本来想马上给李海天打电话，但转念一想，不能这么快就回复，不然显得没有难度。

他希望李海天这次真的不再食言，他内心有点小期待，得把这个好消息告诉黎蕊。于是他破天荒地在这个时间打电话给黎蕊，她听后异常高兴：“咱们的苦难就要结束了，大宝贝，我爱你！”

谷树在屋顶花园住了两天，其间柳芸给他打过两次电话，每次都是把他骂得狗血喷头，他每次都是说尽了好话，柳芸要他回家，他说她不原谅就不敢回去。

李海天觉得火候差不多了，他还使出了浑身解数做通了谷树父母的工作，要他们陪谷树回家。起初他们死活不愿意，觉得丢不起这个人，再加上柳芸犯起混来根本就不把他们放在眼里，更别说尊重了。李海天苦口婆心地劝导他们，为了这唯一的儿子，连命都可以不要，还怕丢一次人嘛。于是，好说歹说他们才同意。

谷树在父母的陪同下，胆战心惊地进了家门，一看到坐在客厅沙发上的柳芸，立刻走过去双膝跪地："老婆，我错了，要杀要剐，你怎么处置我都行，我绝无怨言。"

柳芸站起来，先抡圆了胳膊狠狠抽了谷树两个大嘴巴，然后一顿拳打脚踢："你这个畜生，还有脸回来！"

谷树一手捂着脑袋一手捂着脸，疼得哭出声来："老婆，我错了，我该打。"

"打是轻的，杀了你我才解恨！"

谷树父母看到儿子被打成这般模样，真是心如刀割，但不敢上前阻拦，只好侧过脸，不敢直视。

柳芸打累了，坐回到沙发上，喘着粗气，但仍怒骂不止："你这个狼心狗肺的东西，我叫你出轨，我要打死你！"

谷树父母走上前去，分别坐在柳芸两边，谷妈劝慰说："这个不知耻的东西，就是该打。柳芸，你也消消气，气坏了身子不值得。"

谷爸对着谷树说："你说，下次还敢不敢了？"

谷树说："不敢了。"

"大声说，还敢不敢了？"

谷树提高了嗓门："老婆，我改了，打死我也不敢了！"

谷妈接着又劝慰说："柳芸啊，你也出气了，他也认错悔改了，你就原谅他吧。"然后又对着谷树厉声说，"告诉你，只原谅你这一次，下次再犯，我们就和你断绝关系！"

谷树低下头说："老婆，求求你，我真的不敢了，你就原谅我吧。"

柳芸回想起前几天看到的头条，当时还想这又是哪家的坏小子做缺德事了，打开视频定睛一看，竟然是自己的老公谷树，顿时就火冒三丈，恨不得把他碎尸万段。她急急忙忙回到家准备收拾他，没料到这小子几天不回家。起初她的火没处发泄，躁得不得了，但慢慢冷静下来，她想最解恨的做法是离婚，可自己这个年龄再找一个像谷树这样的已经不好找了，可谷树找一个人再婚是很容易的，人要面对现实。她决定原谅他，但不能简单地原谅，要出出气。于是就有了见面后的拳打脚踢，要是几天前见到谷树，她可能会用刀劈了他。

在谷树父母的劝慰下，柳芸想就顺着这个台阶下吧，于是说："看在爸妈的面子上就饶了你这一次，如果再犯，绝不轻饶。"

谷树磕头如捣蒜："谢谢老婆的宽宏大量。"

柳芸说："行了，起来吧。"

谷树站了起来，但双腿发抖，跪的时间太长了。

谷树父母一看差不多了，就和柳芸说："为了这不争气的小子，我们请了半天假，我们下午还要上班，就不待了。"然后对谷树说，“你要对柳芸好点，不然绝不饶你！”

谷树父母走了，剩下谷树和柳芸。

柳芸满脸怒容地问：“说实话，你还爱我吗？”

谷树连忙坐在柳芸旁边，他搂着她：“爱，当然爱。”

“对那个女孩呢？”

“我和那个女孩就是逢场作戏，我的真爱是你。”

“得了吧，鬼才相信呢。”

“我对天发誓，如果骗你，出门让汽车撞死！”

“那你和那个女孩究竟怎么回事？”

“是她勾引的我。”

“你和她上了几次床？”

“就一次。”

“你骗人。”

“真的就一次，后来我就拒绝她了，她敲诈我，管我要一百万，我凭什么给她一百万，再后来她就把视频发到网上了。”

对于谷树说的话，柳芸半信半疑，但她宁愿相信他说的是真的。

陆达其实也没等多久就给李海天打电话了，因为他心急如焚，恨不得早日获得解脱。

“海天兄，谷树的事已经办妥，随时可以去报到上班。”

“那就谢谢陆达兄了。”

“不用谢，删掉视频就行了。”

“删掉可以，但不是现在。”

“你想食言？”

“非也。”

“那你为什么不删？”

“搞到这个视频我可是费了一番功夫，怎能轻易删掉。再说你欠谷树的是总经理的位子，他现在才是个副总。”

“你真无耻！”陆达恨死了李海天。

“仁兄，我再无耻，也比不过你啊，你要不做无耻的事，我能奈你何？”

“好了，少说废话，你删还是不删？”

“你应该做的事还没做完，恕难从命。”

“你浑蛋！”陆达勃然大怒，挂掉了电话。

陆达气得在房间里走来走去，这种提心吊胆的日子他一天也不想过，李海天是个畜生、无赖、流氓，陆达想尽了可以骂人的词。但是这都无济于事，他也只能在嘴上痛快痛快。

谷树去新凯达集团报了到，人力资源部说这个岗位急需要人，希望他早日正式上班。

他回来和李海天商议：“舅舅，我什么时候去新凯达集团上班？”

“既然他们要求，你还是尽快上班为好，不过你要先把辞职的事情办好。”

“好，我今天就去办。”

谷树到了银行，进了自己的办公室，在电脑上写了一份辞职书，打印出来，拿着去了人力资源部，直接交给浩总。

浩总看完辞职书，抬起头：“谷总，我无话可说，只能尊重你的选择，并表示遗憾。”

谷树说：“我考虑过了，这是我唯一的选择，也是最好的选择。”

浩总问：“有什么要求吗？”

谷树回答：“没有要求，只希望辞职手续办得越快越好。”

浩总答应说：“好，你放心，我会要求他们加快流程。”

谷树又回到自己的办公室收拾个人物品，他一边收拾一边感伤，毕竟在华商银行工作十多年了，这里有他的青春，有他成长的历程，有他奋斗的足迹，如今一切都烟消云散，成了过往。他环顾了一下办公室，恋恋不舍地推开门走了出去。

他经过江遇舟办公室，在门前犹豫了片刻，推门走了进去。

江遇舟听见开门声，一看是谷树，连忙说：“谷总来了，快请坐。”

谷树站在屋子中间：“不坐了，我今天是来办辞职的。”

江遇舟感到吃惊：“怎么，你辞职了？”

“是的，我临走想和你说几句肺腑之言。”

“你说，我洗耳恭听。”

“总经理的位子本来是我的，你却坐上了这个位子，知道这是为什么吗？”

“是陆行长提拔了我，不是吗？”

“是的，但你要回家问问你老婆，陆达为什么提拔你？”说完这句话，没有再说告别的话语，便转身拉开门走了出去，留下一脸愕然的江遇舟。

14

香消玉殒

谷树甩下一句没头没脑的话走了，江遇舟心中犯了嘀咕：黎蕊认识陆达？这怎么可能！他们没有任何交集，完全不可能认识，如果真的认识，她早就告诉自己了。转念又想，谷树是不是出于泄恨，想报复自己才说出那话来破坏自己的家庭，可这样做有意义吗？外人的一句话就可以摧毁一个家庭吗？如果一个家庭如此不堪一击，那么当初这个家庭的组建就有问题，说明没有牢固的根基。

他觉得自己和黎蕊感情上没有问题，两人是相爱的。虽然当年追她是苦了一点，但她后来还是爱上了自己，特别是结婚当天她眼含泪水，深情地说"我要爱你一辈子"，这个场景至今想起来还令自己激动不已。

但是谷树说的话像一块石子扔进平静的水里激起了涟漪。

俗话说，无风不起浪，他还是决定去问问黎蕊，听她亲口说。打定主意，他一下班就匆匆赶往家中。

黎蕊今天忍不住又给陆达打电话问结果，陆达告诉她对方又食言了。黎蕊万分沮丧，情绪低落，怕被画师们看出她心情不佳，就说有点不舒服，早早回家了。

江遇舟回家看到黎蕊，大为疑惑："嘿，太阳从西边出来了，今天回来这么早。"

黎蕊没想到江遇舟回来这么早，本来是想一个人静一静，这下子静不了了："今天觉得有点累，所以就早早收工了。"

"没有什么不舒服吧？"

"没有。"

江遇舟突然话锋一转："你认识陆达吗？"然后两眼紧盯黎蕊。

这个问题黎蕊自从和陆达在一起就做好了随时回答江遇舟的准备，并且在心里演练了无数遍，此刻虽然心里"咯噔"了一下，但仍不动声色地迎着江遇舟的目光，坦然而平静地说："不认识。"

江遇舟没有看出任何破绽，就说："不认识就算了。"

"那你为什么问我？"

"有人告诉我，你们认识。"

"哦。"黎蕊没有再言语。

黎蕊几乎一宿没睡，她想了各种结局，但没想出一个自已可以接受的结局。陆达告诉她的结果，使她的情绪降到了冰点，而江遇舟的问话更是冰上加冰，今天虽然搪塞过去了，但她觉得离江遇舟知道真相为时不远了。于是她转换思路，在想如何能够更体面一些，她要策划一个勇敢而大胆的行动。心静了下来，她慢慢睡着了。

她一直睡到接近中午，江遇舟早已去上班了。她赶忙起来，洗漱完毕，坐在沙发上给陆达打电话，告诉他下班后去工作室，要和他共进晚餐。

他们还从来没有在工作室一起吃过饭，黎蕊挑选了几样餐具，连同陆达给她买的睡裙也一起带了过去。她出门前，给江遇舟在纸上留了几句话。

到了工作室，她宣布今天下午四点下班。然后进了卧室，琢磨晚上的菜单。她当然不是要自己下厨，而是点外卖，因为她从来没做过饭。她精心地选了六样菜，全是陆达和她最爱吃的，还准备了酒和果汁，之后就坐下来安安静静地等候陆达到来。

晚上七点，点的外卖准时送到，她给了外卖小哥五星好评。

陆达因为会议结束晚了，七点半才到。一进门，看见桌子上菜品丰富，还有酒和果汁，就奇怪地问："小蕊，你今天搞什么名堂？"

黎蕊笑笑："你贵人多忘事，今天是我们在一起的两周年纪念日啊。"

“瞧我这记性，竟然没想起来。”他说着拍了拍自己的脑袋。

“来来来，坐下，开饭了。”黎蕊张罗着。

“好，来了。”

“喝红酒还是白酒？”

“今天开会开得有点累，还是喝点红的吧。”

“那好，就喝红的。”黎蕊说着就斟上了酒。

陆达端起酒杯说：“庆祝在一起两周年，咱们碰一下！”

两人碰了杯，陆达刚要干，黎蕊说：“等等再干，咱们先互相说一句祝福的话吧。”

陆达说：“我先来，祝我们的爱情长长久久，甜甜蜜蜜！”

黎蕊接着说：“让我们，在天愿做比翼鸟，在地愿为连理枝！”

两人一同干了。

黎蕊劝他：“吃菜吧，多吃点，都是咱俩爱吃的。”

陆达也劝她：“是呀，你也多吃点。”

不知不觉，两人喝光了一瓶酒，吃光了所有的菜。

黎蕊笑吟吟地说：“好了，大宝贝，我来收拾，你去洗澡，出了一天臭汗了，好好洗洗，在床上等着我。”

陆达坏笑着说：“好嘞，你可快点来。”

黎蕊刷完碗筷，一看陆达已经躺在了床上，便赶紧进了浴室。从浴室出来，她慢慢地走过去，猛地趴在了陆达身上。

她开始吻他，他热烈回应，很快就激起了他身体最原始的欲望，他翻身压在了她的身上。

心灵和身体得以释放，激情与快感同时迸发，投入地爱一次，酣畅淋漓。

她对他说："大宝贝，我爱你，永远爱你！"

他对她说："小蕊，我也爱你，永远不分离！"

……

黎蕊拿起一瓶打开盖的果汁刚准备让陆达喝，忽然陆达的手机响了，他接了起来，里面传出儿子兴奋的声音："爸爸，您当爷爷了，您有孙子了。"

"啊，是吗？什么时候生的？"陆达一下子兴奋得坐了起来。

"刚生的，护士抱给我们看啦，您快过来看看孙子吧。"

"好，我这就过去。"

黎蕊把果汁换成了矿泉水递给他："出了这么多汗，还是喝水吧。"

陆达咕嘟咕嘟喝了下去，然后说："小蕊，我得去医院了，不陪你了，改天再约会。"

陆达穿好衣服站在门口说："小蕊，我走了。"

黎蕊猛地又扑了上去，热烈地吻他，喃喃道："再见了，亲爱的大宝贝，我爱你！"

为了庆贺明股实债项目的圆满完成，隋通没有食言。此时，他正做东请大家吃饭，江遇舟、苏子青、叶桐、何强、那娜和许滢等十来个人齐聚一堂。

隋通站着，端着酒杯说："这个项目的完成，是在座各位领导支持的结果，为了表示感谢，我敬每位领导一杯，首先从江总开始吧。"

"江总，没有您的批准和妙计，就没有这个项目，我敬您一杯。"说完一口干了。

"接下来我应该敬苏总，没有您的领导和组织，这个项目就不会顺利实施，我敬您一杯。"说完又干了。

"这一杯，我得敬我的直接领导许行长。"

"别敬我，先敬其他领导。"许滢阻拦他。

"好，我听我领导的，我先敬叶总和何总，感谢二位的大力支持！"说完分别跟他俩干了一杯。

"许行长，我这杯得敬您了，没有您的支持，资管部不会给我这个面子。"说完又干了。

许滢听隋通这么说，很受用："行了，咱们分行的人一起敬各位领导一杯。"

江遇舟举杯说："咱们一起庆贺项目完成，祝北京分行的业务蒸蒸日上。"

大家举杯一起干了。

黎蕊回到卧室给她的爸爸打电话，电话拨通了，传来爸爸的声音："小蕊啊，这么晚打电话有事吗？"

"就是想您和妈妈了，您把手机的免提打开，我想跟你们说说话。”

“小蕊，是遇到不开心的事了吗？”妈妈关心地问。

“没有。你们身体都好吧？”

“我们都挺好的。”

“你们岁数大了，腿脚又不好，天气变凉，出门要多穿衣服。”

“放心吧，我们会注意的。遇舟整天忙工作，我们又不在你身边，你要照顾好自己。”妈妈说。

“爸爸，我妈身体弱，您要对她好一点，多照顾她，别光是画画，有空陪她出去走一走。”

“放心吧，你爸对我好着呐，我们不放心的是你。”妈妈惦念地说。

黎蕊的眼泪掉了下来，但她拼命忍住不发出哭的声音：“爸、妈，我真的很好。”

“你和遇舟没闹别扭吧？他工作忙，你要体谅他。”妈妈觉得黎蕊今天有点异样。

“没有。我每天也都忙自己的事，没有工夫和他吵架。”

“那就好，两个人一起好好过日子。”

黎蕊觉得快控制不住自己了：“爸、妈，太晚了，该睡觉了，不和你们说了，你们多保重！”

“好了，不说了，你也早点睡，别熬夜，对身体不好。”

“哦，对了，爸爸，我想给家里转点钱过去，您注意收一下。”

“我们手里有钱，不需要，你在北京开销大，留着自己花吧。”

“我有钱，这是女儿的孝心，别推辞了。爸、妈，保重，我挂了。”黎蕊说完挂了电话，大声哭泣。

哭了好一会儿，黎蕊才渐渐平静下来。她起来把房间收拾得干干净净，又重新洗了脸，坐下来对着镜子化起妆来。

她看着镜子里的自己，过往像电影一样一幕一幕出现在眼前。

她从小就很乖巧、很懂事，从不惹爸妈生气，唯一喜欢的就是拿着爸爸的画笔涂来抹去。她很有天赋，加上爸爸的指导，她画的画都有模有样，她立志要像爸爸一样当个画家。爸爸告诉她，走画家这条路不容易，画家都很拮据，因为出名太难了，没有名，作品无人问津。但是她仍坚定地走了画画这条路。

爸爸被她的决心所感动，于是倾其所能，把他毕生的画画技能和感悟悉数教与她，还给她讲西方绘画史，给她介绍不同的流派和大师及其作品，甚至还给她讲大师们的奇闻逸事。她被深深地感动，很自然地选择了油画作为自己的专攻方向。她品学兼优，上初中的时候就显露出画画的功底，高中时在当地就小有名气，后来顺利地考入了北京的美术学院油画系。

她进入美术学院后，如饥似渴地学习油画的理论知识和画画技能，每天从早到晚不是在课堂就是在画室，吃饭和睡觉成了奢侈。当时正当情窦初开的年纪，许多同学都有了男女朋友，而她却一个人独来独往，一个原因是她实在没有时间，另外一个更重要的原因是她内心高傲，谁也看不上。她特别瞧不起那些交男朋友是为了找“饭票”的女同学，她认为爱情与金钱无关，与精神世界有关。直到遇见了江遇舟。

虽然江遇舟一表人才，谈吐不俗，但她并没有对他一见钟情，只是很有好感。后来江遇舟坚持不懈地苦苦追求，加上父母的催婚，她觉得和江遇舟还能说到一起，于是终于动了心嫁给了他。可以说，头三年他们过得不错，江遇舟帮她建了一个工作室，使她可以继续画自己的油画，生活上对她也是百般照顾，从不让她进厨房，也尊重她的想法不马上要孩子。她觉得安心和踏实。

后来江遇舟提出要去剑桥读MBA，她也没多想，认为关乎他的职业发展应该支持，再说两年时间很快，小别胜新婚嘛。没想到，他走后不久，她遇见了陆达。

遇见陆达是在一个意大利画展上，当时黎蕊临时帮忙做讲解员。提香·韦切利奥是她最喜欢的威尼斯画派绘画大师，当讲到他的名画《天上的爱与人间的爱》时，她激情四射：“这幅画展现出典型的提香画风，画上两个象征着天上与人间的妇女似乎在谈心，裸体的代表天上的女神，穿衣的代表人间的妇女。这种绘画手法，在意大利文艺复兴时期的美术作品中是司空见惯的，而威尼斯画派的绘画，似乎更喜欢用裸女来表现。在这恬静的画面上，带着一种古代牧歌式的情调，中间那个象征爱神的小天使，竟是一个淘气的孩童，他在专注地嬉弄着池子里的水，充满了人间的美好生活气息。”

讲到这里，竟然有一个人拍起手来：“讲得好！这幅画体现出一种和谐优雅的美，给人以精神上和视觉上的舒适感，它也表达了提香对美好生活的赞颂之情。”

黎蕊立刻被这个人吸引住了，只见他五十岁上下的年纪，风度翩翩，两只眼睛炯炯有神，身着商务休闲装，散发出一种高雅的气质。

讲解结束了的时候，那个人还在聚精会神地观赏这幅画，黎蕊不由自主地走上前去：“先生，很喜欢这幅画吗？”

他扭过脸来：“是的，提香是在肯定生活的美，用象征的手法表达幸福人间与天上乐园的和谐景象。”

“是的，他通过刻画人物恬静的休憩状态和略微沉思时的气质，赞颂他所生活的那个时代。”黎蕊情不自禁地附和起来。

“你说得很对，其实欣赏这幅画并不需要了解多少背后的故事。”

黎蕊好奇地问道：“您是画家？”

他微笑着摇摇头：“不是，只是喜欢看画而已。”

“不是吧，您一定了解画画，不然怎么会有那么精彩而深刻的见解。”

“严格说来，我曾经的经历和画画有些关系，不过现在已经没有关系了。”他解释道。

他越是这样说，黎蕊就越好奇，她主动说：“我想和您多聊几句，您若方便，请您喝个茶可以吗？”

“可以，不过让这么漂亮的姑娘请我喝茶，过意不去，还是我请你。”说着伸手做了一个请的手势。

两人落座点完茶之后，黎蕊伸出手：“正式认识一下，我是黎蕊，一个不知名的画家。”

那个人伸出手握了一下黎蕊的手：“我叫陆达，从事金融工作。”

黎蕊接着刚才的话题说：“您说，您曾经的经历和画画有关系，能讲给我听吗？”

陆达笑了笑：“这说来话长了，我年轻的时候迷上了油画，尤其喜欢提香的画，一直有个当画家的梦想，所以考大学的时候就特别想报考北京的有油画专业的学校。但是我的父母和家里所有的亲戚都不赞成，他们一致说画画是个不挣钱的职业，当了画家会穷困潦倒一辈子，活着不出名，死了才会出名，人死了出名还有什么用。禁不住他们的狂轰滥炸，我不得已改了志愿，最后报考了金融专业。”

黎蕊听后感慨地说：“社会多了一个金融家，但是很可惜少了一个画家。”

“不过，对油画依旧喜欢，闲暇的时候还是愿意欣赏，美术馆的西方画展从不错过。”

“我觉得画画是深入骨髓的事情，一旦喜欢上，就不会轻易放下。”

“是的。你是个职业画家吗？”

“我学习油画专业，三年前毕业，现在自己有一个工作室。”

“啊，你就是油画专业的，是我曾经向往的专业。那我们也算志同道合的画友了。”

这么一聊，彼此的关系一下子拉近了许多。

他们聊了很久，就像多年未见的密友。

之后，他们经常约会，在一起聊美术和其他艺术形式，他还给她讲许多人生哲理，他们彼此深爱对方，很自然地就在一起了。

黎蕊觉得她找到了她一直想找的灵魂伴侣，她不在意他的年龄，不问他的家庭，甚至不问他的工作单位和他的职位，更不问他有没有钱，她就是想时时刻刻能和他在一起。

她对陆达可以说是一见钟情。她问陆达当时对她是什么感觉，他不好意思地说，其实他第一眼就爱上她了，只不过他在意自己的年龄，如果搭讪不成会很没面子，于是耍了一个欲擒故纵的花招。她挥舞着自己的粉拳捶着他的胸口说：“你真坏！你是个坏宝贝！”

有一次约会时，陆达看到黎蕊不开心的样子，就问她是不是遇到难事了，她不肯说。在他的再三询问下，她才说她的父亲要做大手术，可是没有钱。他立刻说他有钱可以给她，她坚决不要，他急了：“告诉你，我不是贪官，我的钱都是我的合法所得，我给你钱也不是收买你的感情，全是因为我爱你！”最后两人互让一步，他找画友购买了她爸爸的两幅画，卖画所得用于手术费。说实话，这两幅画的收藏价值颇高，尤其那幅《峰山迎客松》可以媲美《黄山迎客松》，画友一见就爱不释手。

后来，她的工作室需要扩大规模，他出资帮她租下了现在的工作室，但她主动给他写下欠条日后偿还。

他们在一起幸福地度过了两年。

有一天，她垂头丧气地和他说好日子要结束了，因为江遇舟要回国了，这下两人才知道原来陆达和江遇舟在同一家银行。两人商量怎么办，因为爱得太深，谁都不想分手，于是决定以后少见面，见面也尽量不去酒店，而是把工作室的一间改为卧室，供他们约会。另外如果他出差，方便时她也去那个地方。

本来一切都安排得天衣无缝，没想到那次在酒店约会被人偷拍，她知道后非常害怕。她深知她和他的爱情是见不得光的，如果被曝光，他会受处分，一辈子的奋斗会成为泡影，会遭受屈辱，会丢掉自尊，这是他不可能接受的。而她原本是高傲的人，有尊严的人，是画家，是艺术家，让她成为街头巷尾人人唾骂的女人，这是她死也不愿意接受的。

后来他告诉她只要提拔一个人他们就会平安无事，她信了，以为苦难就要结束了，没想到对方接二连三地食言，她又怕了，后来谷树的视频被放到网上，谷树遭到无数人的谩骂，她惊慌极了，那天江遇舟又突然问她和陆达的关系，她彻底绝望了，她不想丢掉最后的尊严，于是策划了今晚的行动，她要让陆达和自己一起离开这个世界，去往天堂追寻他们的爱情。

她原本是想让他喝下放有安眠药的果汁，但听到他有了孙子，她心软了，孩子是无辜的，不能让孩子生下来见不到爷爷，她更不忍心让他失去天伦之乐，她早已习惯了快乐着他的快乐，于是把果汁换掉了。

现在就让自己一个人静静地走吧，她给陆达发了一条微信，关掉手机，又拿起笔写了一份遗书，然后穿上那件睡裙，喝下果汁，打开燃气阀门，平静地躺在床上，慢慢地进入了梦乡。再见了亲爱的人，再见了世界。

15

悲　痛

隋通请吃饭，江遇舟本来是高兴的，但喝了几杯酒之后，忽然想起谷树临走时说的话，一下子就不开心起来。黎蕊虽然说不认识陆达，但他觉得好多事都不是空穴来风，有传言就说明有可能是真的。一旦有了疑心，根本停不下来。男人最接受不了的就是被戴绿帽子，江遇舟也是一样，所以这件事像针一样刺在他的心上。

于是他一杯杯地喝酒，本想借酒消愁，没想到借酒消愁愁更愁。他喝了个半醉，说话不利索了，腿也发软站不住了，许滢见状说："我看大家酒都喝得差不多了，咱们今天就到这儿吧。隋通快点买单。"

那娜叫来肖力，两人一边一个架着江遇舟坐进车里。那娜对肖力说："我和你一起送江总吧，你自己恐怕不行。"说着她也上了车。

已经是午夜了，街道上车不多，很快就到了江遇舟家。他们俩架着江遇舟进电梯，出电梯后到了家门口，那娜按了门铃，无人开门。于是那娜在江遇舟的公文包里找到钥匙打开门，两人架着他坐到了客厅沙发上，江遇舟哼哼着说："我要喝水。"那娜去厨房冰箱里取出一瓶水，打开瓶盖，递给江遇舟。江遇舟虽然腿站不稳了，但是心里还是明白的。他接过水连喝了几口，把水放到茶几上，忽然看到一张纸，纸上还有字，拿起来一看是黎蕊写的："遇舟，感谢你多年的爱和关照，我走了，你别找我，也找不到我，找一个爱你的人好好过日子吧。"

江遇舟一下子酒醒了：黎蕊是什么意思，她走了，她去哪儿了？他慌忙拿出手机拨打黎蕊的电话，已关机，他打了好几遍，都是关机。这么晚了，她能去哪儿呢？

那娜和肖力看他着急的样子，忙问："江总，怎么了，出什么事了？"

"我老婆失踪了。"

"啊，不会吧！"

"她说她走了，不让我找她。"

那娜也着急了："江总，赶紧想想她可能会去哪儿！"

江遇舟想黎蕊会不会在工作室，于是对那娜和肖力说："我唯一能想到的地方就是她的工作室。"

那娜说："事不迟疑，你赶快带路，我们去工作室看看。"

于是，肖力开着车，三人一会儿工夫就到了公寓门口。他们来到工作室门前，只见门关着，门缝里溢出一丝燃气的味道。江遇舟大喊一声“不好”，就奋力撞门，但是门很结实根本撞不开。那娜见状大声说：“报警吧！”

江遇舟赶紧拨打“110”，电话通了：“您好，有什么事需要帮忙吗？”

“我老婆可能有危险。”

“您详细说一下。”

“我早上出门上班，她还在睡觉。我晚上下班回来，就不见人了，只留下一张纸条说她走了，去了我找不到的地方。刚才到了她的工作室，屋里传出燃气的味道，门也打不开。”

“明白，请告诉我您的地址，我马上联系属地派出所，他们会很快与您联系的。”

不一会儿，江遇舟的手机响了，是派出所的人打的。问明情况后，对方说：“我们马上过去。”

以防万一，江遇舟又拨打了120。

警察很快就赶到了，他们用开锁工具迅速打开房门冲了进去，里面弥漫着浓浓的燃气味道。一个警察迅速打开窗户，另一个警察快速进厨房关了燃气阀门。

他们来到卧室，门是开着的，只见黎蕊平躺在床上仿佛睡着了一样。江遇舟一个箭步冲过去，扑到床前，大喊：“黎蕊，你怎么了！”但黎蕊没有回应。这时，医务人员在那娜的指引下也进入了房门，经检查，黎蕊已经死亡。于是警察立刻让无关人员离开卧室，保护现场。

在卧室外面，江遇舟用手捂着脸号啕大哭：“黎蕊到底怎么了？究竟是为什么？”那娜看着无比悲痛的江遇舟，也不禁流下眼泪，她想劝他，但不知怎么劝，她能够体会失去亲密爱人的江遇舟此刻的感受。

警察仔细勘察了卧室，发现了可疑的果汁瓶和遗书，在对现场进行拍照之后，把黎蕊的遗体送往公安医院。在征得江遇舟的同意后，法医对遗体进行检查。并把江遇舟、那娜和肖力带到派出所。

警察分别对他们三人进行详细的询问并做了笔录。在天大亮的时候，警察又把江遇舟带到询问室：“经过对现场的勘察，没有发现搏斗的痕迹；通过对黎蕊尸体的检查，没发现有被伤害的痕迹；经过化验，果汁瓶里有安眠药的成分，所以结合她留给你的纸条和现场发现的遗书，初步判断她是自己喝下了含有大量安眠药的果汁，然后打开燃气阀门吸入了过量的一氧化碳，她的死不是他杀而是自杀。”说完警察把遗书交给了江遇舟。

遗书是这样写的：“我走了，这是我自己的选择，与任何人没有关系。唯一的遗憾是在错误的时间遇到了正确的人，恨不相逢未嫁时。别了。”

江遇舟悲痛地看完这份遗书，他的悲痛不仅来自黎蕊的突然离去，还来自黎蕊与陆达关系的确定，但让他百思不得其解的是黎蕊为什么选择自杀，她如果不爱自己了，可以离婚，而她却选择了这条不归路。

刚从派出所出来，江遇舟就接到了黎蕊爸爸的电话：“小舟，黎蕊没事吧？我打了几次电话她都关机。”

江遇舟说：“我正要给您打电话呢，她出了点意外，如果您有空最好来一趟北京。”

“她出什么事了？昨天晚上她很晚给我们打电话，打着打着好像还哭了，然后还给我转了一大笔钱，我和你妈都惦记她，一宿也没睡好，你们俩没闹别扭吧？”

“我们俩没闹别扭，我一时也说不清楚，你来了就知道了。”

“那好，我和你妈商量一下，今天就去北京。”

“好，我去机场接你们。”

挂了电话，江遇舟跟那娜说：“辛苦你了，跟着折腾了一夜，回家补补觉吧，我休几天假把后事料理一下。”

那娜说：“好，你也别太难过了，节哀顺变，保重身体，需要帮忙我随时过来。”

“好的，我明白。”

江遇舟回了家，觉得虽然黎蕊不在了，可哪儿都是她的影子，他感到孤独，他感到憋屈，于是放声大哭。也许是哭累了，也许是一宿没睡，哭着哭着，他在沙发上睡着了。他梦见他和黎蕊在天上，黎蕊在前面飞，他在后面追，眼看着要追上她了，黎蕊忽然踹了他一脚，他一下子跌落下来，跌落到地上。他猛然醒了，这是梦，但又像是真的。抬头一看表，黎蕊的爸妈快到了，于是翻身起来，开车直奔机场。

黎蕊爸妈一见到江遇舟就问黎蕊到底怎么了，他告诉他们她现在在医院。江遇舟直接把他们拉到公安医院，到了太平间，他们看到黎蕊的遗体，立刻扑上去放声大哭，江遇舟在旁边止不住流泪。

江遇舟又带着他们到了派出所，警察把死亡情况讲了一遍，江遇舟拿出了她的遗书，黎蕊爸妈听了看了之后，又放声大哭："闺女呀，你好糊涂啊！"

回到家里，江遇舟说："爸、妈，黎蕊的后事怎么办，我听二老的。"

黎蕊爸妈商议了一下，爸爸说："就在北京火化吧，然后我们把骨灰带回老家。"

"好，就按二老的意见办。"

第三天上午，黎蕊的遗体在火葬场火化了，遗体告别时，黎蕊爸妈和江遇舟都哭得死去活来，一个鲜活的生命就这样化为乌有。

在去机场的路上，江遇舟哭着说："爸、妈，黎蕊的走，我也有责任，我如果不去英国，陪在她身边，也许她不会出事，现在我很自责。"

爸爸说："不要这样想，天命不可违啊，该来的总会来，也怪不得你。"

妈妈说："遇舟啊，黎蕊对不起你，但希望你不要记恨她。"

江遇舟真诚地说："爸、妈，黎蕊不在了，我还是你们的儿子，我负责给二老养老送终。"

黎蕊爸、妈感动地流下眼泪："小舟，好孩子，谢谢你！"

陆达因为去医院看刚出生的孙子，一晚上高兴地沉浸在喜得孙子的喜悦之中，一直没看手机。直到第二天早上才看到黎蕊头天晚上发的微信："君生我未生，我生君已老。君恨我生迟，我恨君生早。若得生同时，日日与君好。来世愿同生，永作比翼鸟。"

看到微信，陆达有了不祥之兆，预感到黎蕊出事了，因为他们约定，除非急事，否则不互相发微信，于是他也破例在这个时间给她打电话，但电话里传来"对不起，您所拨打的电话已关机，请稍后再拨"。他每隔两分钟就拨一次，拨了十几次，都是"所拨打的电话已关机"。他急得不得了，甚至都想去找江遇舟问个究竟，但是他不能如此鲁莽，不然就乱套了。

快到中午的时候，秘书进来送文件时，说江遇舟的老婆昨晚自杀了，他一听仿佛晴天霹雳一样，马上愣住了，好一阵才缓过神来："这是真的吗？"

"全行都在传，应该是真的，江遇舟也没来上班。"秘书说。

"知道为什么自杀吗？"

"不清楚，有人猜测是为情自杀。"

"好了，有新的消息告诉我。"

“好。”秘书退了出去。

他感到胸口好像被什么压住了喘不过气来，他悲痛万分，想大哭，但是又不能，他极力地克制着自己。他后悔极了，昨晚不应该离开她，否则她不会死，他可以阻止她。他又仔细想了昨晚的每一个细节，忽然明白她是在向自己告别，自己竟如此愚蠢没有觉察出来。他爱她，真的爱她，他已经把她当作自己生命的一部分，他不能没有她。

一想到黎蕊为什么自杀，他不由得想起李海天，她的死与李海天有直接关系，要不是李海天拿视频步步相逼，她是不会死的，是李海天逼死了她。此刻，他恨死了李海天，恨不得把他千刀万剐，碎尸万段。之前他害怕李海天，主要是顾忌黎蕊，因为他不想让她受到伤害。现在黎蕊不在了，陆达不再忌惮李海天，并准备反攻。虽然李海天握着他的把柄，而且他有自己的家庭，也有了孙子，与李海天作对无疑会对自己和家人造成不好的影响，但他想到与黎蕊的过往，还是咽不下这口气，觉得自己从不贪污受贿，没有任何经济问题，就算李海天把视频交出去，大不了也就是个男女关系问题，为此受个纪律处分或降级处分，倒也能接受，这与失去黎蕊相比不算什么。至于家人，他虽有愧疚，但若一直让李海天牵着鼻子走，迟早会牵连家人。他横下一条心，绝不放过李海天。

16

出 击

江遇舟一连数天没有上班，他没有心情，也不知如何面对部里的同事，他让那娜告诉苏子青，让她暂时主持工作，没有大事就请她全权处理。那娜说要陪陪他，他拒绝了，他说不想见任何人。他睡不着觉，也不想吃东西，整天浑浑噩噩。

路易莎打来电话问江遇舟为什么好多天不去看她，江遇舟说心情不好，她说见到她心情就会好起来，她有灵丹妙药。江遇舟半信半疑，加上也是实在无人可聊，于是就来到了学校。

路易莎一见到江遇舟大吃一惊，数日不见他变得十分憔悴，没精打采，好像也瘦了许多，她惊讶地问他怎么了，发生什么了。他面无表情地说遇到不好的事了。再问，他就不说话了。

路易莎想，他不说就是不想说，想说了自然就会说，便不再问了。她带他来到学校附近的一个酒吧，告诉他心情不好一喝酒就好了，她自己就是这样。

她要了威士忌，给江遇舟讲最近学习的事，但他表现得毫无兴趣。于是她说："咱们不说话了，喝酒吧。"他们一连喝了三杯，由于酒很烈，加之几天没好好吃饭，酒在江遇舟的胃里燃烧起来，他忽然觉得想吃东西，于是说："我饿了。"

路易莎听见他说饿了，很高兴，连忙给他要了一份简餐，他狼吞虎咽地吃起来。也许是酒精的作用，也许是胃里有了食物，他觉得有力气说话了，也想说话了。

他说："路易莎，你知道我这几天是怎么过来的吗？"

"你说吧，我愿意听。"

"我是从地狱里爬出来的。"

"遇到什么事了？"

"我遇到鬼了。"

"什么意思？"

他的眼泪流了出来："我的老婆自杀了。"

"我的天啊，她自杀了，为什么？是不是你对她不好？"

"不是，她有外遇。"

"什么叫外遇？"

"外遇的意思就是她喜欢上别人了。"

"这可以理解，但为什么要自杀？"

"这也是我不明白的地方。"他摇摇头。

“她肯定有她的秘密，你不要想了，想了也没用。”

“所以我很难受，很憋屈。”

“我知道你爱她，她自杀你很难过，但你还要生活下去，不能因为她的离开就不好好生活了。”

“是的，我懂这个道理，但现在对一切都没有兴趣。”

“我觉得，你若想走出来，就要开始一段新的爱情。”

江遇舟沉默了。

“舟，我们俩在一起两年了，你知道我是爱你的，我也知道你爱我，所以我们可以正大光明地在一起了，虽然我对她的离世感到遗憾和悲痛。”

“路易莎，你让我再想一想。”

“舟，不要想了，失去了她你很难过，但如果失去我，你会更难过，不是吗？”

江遇舟不是不爱路易莎，而是黎蕊刚刚去世，他的情绪一时调整不过来。于是他说：“路易莎，我爱你，我也愿意和你在一起，但不是今天，你给我一段时间，调整好了，我来找你好吗？”

路易莎说：“我等你，但别让我等太久，好吗？”

江遇舟和路易莎聊过之后，觉得心情好了许多。

华商银行给新凯达集团的贷款发放了，董事长曲径为了感谢陆达，找了一个优雅安静的地方请他吃饭。

陆达一到就夸赞说：“这个地方不错嘛，有绿植有水还很恬静，人在这里心情很放松。”

曲径笑笑说：“陆行长是儒雅的人，所以特地选了这个地方，你喜欢就说明地方选对了。”

两人很熟悉，因此没有那么多客套，便分主宾坐下。

曲径说：“这里主打淮扬菜，比较清淡，菜马上就上。”

陆达满意地说：“清淡一点好，平时大鱼大肉吃得太多了。”

曲径指了一下旁边摆放的几种酒：“今天想喝什么？”

“这几天有点上火，就喝点红酒吧。”

“好，就喝红酒，这是窖藏了十年的拉菲。”

服务员打开酒瓶，给他们斟上。

曲径说：“来，品一下，看看这酒怎么样。”

陆达先是把酒杯摇晃了几下，然后用鼻子闻了闻，喝了一小口，在口腔里停留了几秒钟咽下：“好酒，正宗的拉菲。”

曲径很高兴：“好喝就多喝点。”

这时，菜一道接一道上来了。

他们很随意地聊了起来。

曲径说：“最近我发现这个网络是越来越厉害，什么事情一放到网上影响力就变大了。”

陆达同意地说：“是呀，正面事件影响力大，负面事件影响力也大。”

“此话怎讲？”

“就说我介绍给你的谷树吧，玩弄一个女大学生，视频被放到网上，点击观看的人数超过两千万，谴责声铺天盖地，要不他怎么会从我这里辞职呢。”

“我听说这件事了，原来男主角就是他啊。”

“在银行混不下去了，朋友找我帮忙给他换个工作，于是就介绍给你了，不过你不要担心，这个谷树的工作能力还是有的，脑子也不笨，用好了是把好手。”

“原来是这样啊。”

“他的弱项就是见不得漂亮女人，你不给他犯错的机会就行了，没什么大不了的。”

“你的告诫太及时了，我正准备派一个人去非洲工作一段时间呢，原先还没想到派谁合适，那我就派他去吧。”

“是，让年轻人去艰苦环境，适当吃点苦，有利于成长，不是什么坏事。”

“你说得很有道理。”曲径连连点头，“来，咱们干一个。”

两人聊得很是投机。

苏子青这些日子忙坏了，江遇舟一直没上班，谷树辞职了，里里外外就她一个人，但是有一件事她始终没放下，那就是恒泽债券的事。虽然按照江遇舟的办法，“睿智理财 1 号”靠发行的“睿智理财 2 号”来填补资金，滚动发行了几期，但是最终还是没有根本解决，而且恒泽公司至今还是还不了钱，年底又快到了，她愁死了。

知道江遇舟今天来上班了，她急急忙忙来找他。

江遇舟经过路易莎的“饮酒治疗”，又休息了几天，觉得心情好了许多，情绪也稳定了，于是决定回银行上班。

他正在和那娜聊最近工作上的事，苏子青风风火火地进来了。他忙问：“苏总，什么事，瞧你急的！”

苏子青叹了口气：“还是恒泽债券的事，催了好多次，恒泽公司还是没钱，但我们不能长期靠滚动发理财产品来解决问题，所以我着急上火。”

江遇舟说：“是，我们得想个一劳永逸的解决办法。恒泽债券有担保吗？”

“有，是京丰集团。”

“好，那就启动追债程序，让京丰集团履行担保责任。”

“好的，我立刻找诚远证券谈。”

苏子青又风风火火走了出去。

那娜说：“京丰集团是谷树舅舅的公司，钱荒的时候帮过我们，是不是需要谨慎一些。”

江遇舟听到谷树的名字，心里立刻燃起一团怒火，他恨死谷树了：“为了银行的利益，不管是谁都要追偿。”

那娜不知道江遇舟为什么突然火气冲天，她建议道：“这事和郭行长有关，最好还是向他汇报一下。”

江遇舟觉得她的话有道理，于是压住火说：“我去找郭行长。”

郭守志听完江遇舟的汇报，寻思着按照常规追债是理所当然的，无论债务人是谁，可现在对方是京丰集团，为银行解过燃眉之急，他犯了嘀咕："这件事我请示一下陆行长，你们先别行动。"

郭守志向陆达一汇报，陆达心中暗喜，这真是天赐良机，于是严肃地说："一码归一码，京丰集团帮过我们，我们也付出了高额利息，还提拔了谷树，最终谷树没当上总经理是他自己不争气，与我们无关。现在银行亏损十个亿，就因为对方帮过我们就不要了吗？岂有此理！马上开始追债行动！"

郭守志不知陆达为什么发起火来，于是说："是，马上开始行动。"说完退出了行长办公室。随后打电话告诉江遇舟马上开始行动。

郭守志坐在椅子上长叹一口气。

京丰集团近几个月经营急转直下，可能是受国内外经济形势的影响，商品库存大量增加，销售回款很少，导致生产下降，而几笔银行贷款眼看着就要到期，所以面临很大的资金压力，急需资金支持。看到这种情况，几家贷款银行也不愿意继续放贷。

李海天焦急万分，如果没有后续资金，不但公司难以为继，还有可能倒闭。他亲自出面与几家银行洽谈，都无果。他想了又想，反复斟酌，认为只有寻求华商银行的支持才是唯一的出路。他想起了陆达，并认为他还可以被利用。

于是他拨通了陆达的电话，接通后马上被挂断了，再打，再被挂断，再打，传出的声音是"暂时无法接通"。看样子李海天是被拉黑了，他很奇怪：陆达为什么不接电话？难道他不害怕自己手里的视频了吗？以自己对陆达的了解，他不会不害怕的，因为他奋斗了数十年才混到现在这个位置，绝不会轻易放弃的。李海天想，不急，明天再说。

谷树一上班就被叫到了集团总裁办公室，总裁告诉他，要派他到非洲瓦拉那姆工作三个月，任务是检查、指导当地分公司的工作。他心里不愿意，但又不敢直接拒绝，就说自己刚来公司没多久，公司的情况不是太了解，而且没有驻外工作经验，能不能等熟悉情况了再去。

总裁说公司的工作大致了解就够了，派他去主要是因为他有丰富的金融工作经验，当初招他来就是考虑到这一点，所以没有对他进行考试，直接录用了。如果他不能胜任，公司会考虑重新招一个副总经理来做这项工作。

话说到这里，如果去，就一切没问题，如果不去，就立马走人。谷树想，又不是明天就去，先答应下来，回头和舅舅商量一下，最后再定。打定主意后，他表示同意去，但需要几天时间安排国内事宜。

谷树回到部门，进了总经理邝涛的办公室："邝总，忙吗？跟你了解个事。"

邝涛很客气地让座："有什么事，尽管说。"

"刚才集团总裁找我，说要派我去非洲瓦拉那姆，我一点儿情况都不了解。"

“瓦拉那姆我去过两次了，这个地方条件稍微差一点，但有咱们的分公司，他们会尽力安排照顾好你的工作和生活，吃饭有咱们派去的厨师做中餐，睡觉嘛，按照级别你可以住单间，卫生间、浴室都齐全。唯一不好的就是刚去的时候会想家。不过我告诉你，瓦拉那姆的女人很漂亮。”邝涛说完眨眨眼。

谷树听到那里的女人漂亮时心里有一点点感觉，他继续听着邝涛说。

“你去了后公司会发放高额补贴，不过花钱的机会不多，等你回来可以存下一笔钱。那里离首都不算远，周末可以去逛逛，买些日用品什么的。”

“如果我不去可不可以？”

“那你就得离职，因为当初招聘副总的条件之一就是能够去非洲长期出差。其实想想去一趟也没事，三个月过得很快，咱们部门大部分人都去过。”

“好，谢谢邝总，我再考虑考虑。对了，我有事出去一下。”

谷树出了公司就来到屋顶花园，见了李海天就把去非洲出差的事情告诉了他：“舅舅，您说我去还是不去？”

李海天想了想说：“要是正常出差，那就出呗，不然没了工作，合适的工作可不好找。再说你的烂事还没彻底过去，你就当是出国避避风头。就是离家时间长了点，不知柳芸有没有想法。你再和她商量商量。”

“那好吧。哎，对了，你知道江遇舟的老婆自杀身亡了吗？”

“不知道，没时间关注他们。”李海天心想，坏了，也终于明白陆达为什么不接电话了，因为黎蕊死了，他无所忌惮了。

谷树离开屋顶花园就回了家，见到柳芸就说：“哎，我要出差了。”

柳芸不高兴：“刚上几天班就要出差。”

“我也不想去，但是集团总裁说了，我如果不去就得离职。”

“这是去哪儿出差呀？”

“非洲瓦拉那姆。”

“去多久？”

“三个月。”

“啊，去那么远，还去那么久。为什么？”

“公司在那里有个投资项目，让我去检查资金使用情况，督促建设进度。”

“那里就你一个中国人吗？”

“不是，公司在那里常驻的人有十几个。”

“都是男的还是女的？”

“我不清楚，可能男女都有吧。”

“告诉你，你去三个月我不放心。”

“我身体很健康，有什么不放心的？”

“我不放心的是你受不了寂寞又要拈花惹草。”柳芸终于说出了心里话。

“那里的人我才看不上呢，再说我现在有很强的自控力，你就放心吧。”

“那你向我保证你在那儿一定老老实实的，否则你就别回来了。”

“我向你保证，保证洁身自好。”

柳芸这才放下心来。

第二天，李海天又给陆达打电话，电话仍是无法接通。他想得改变策略了，自己要亲自走一趟。

于是他来到华商银行，他以前没来过，这是第一次，秘书不认识他，说要请示一下。一会儿秘书出来说陆行长现在正忙，请他回去。李海天想今天来就必须见到陆达，绝不能白来一趟，于是很客气地对秘书说：“麻烦你再通报一下，我给陆行长送重要的东西来了，谢谢你。”

秘书从陆达办公室出来后，说：“陆行长请您进去，但您只有十五分钟。”

李海天一进门便埋怨道：“陆达兄，你这门不好进啊。”

陆达在看一份文件，头也没抬：“有话快说，我没工夫和你废话。”

李海天一看陆达还在气头上，就抱拳说：“陆达兄，我做事不慎，多有得罪，今天来是想亡羊补牢。”

“什么意思？”

李海天拿出一个U盘放到陆达办公桌上："这是你想要的东西，现在给你。"

陆达看了一眼U盘，然后说："你可以走了。"

李海天忙说："别忙着赶我走，我还有一样东西送给你。"说着又把一张卡放到桌子上："这是三百万，聊表歉意。"

陆达伸手把卡推了回去："你这是行贿，请收回去。"

李海天笑了笑："陆达兄，别见怪，请笑纳。另外我还有点事要麻烦你。"

"咱们之间还有什么话要说吗？"

"请贵行暂时不要追究恒泽债券担保责任，另外给我公司一笔流动资金贷款。"

陆达哈哈大笑："你以为我会答应吗？"

李海天也笑了起来："我想陆达兄不会不帮忙的，事成之后另有重谢。"

"好，那就拭目以待。十五分钟已到，恕不远送。"

李海天说："不用不用，我静候佳音。"

陆达把U盘收进抽屉里锁上，然后让秘书请纪委陈书记过来。

陈书记很快进来："陆行长，有什么指示？"

陆达把卡递给他说："这里是三百万，刚才京丰集团董事长李海天送给我的，他让我不追究他们的担保责任并且给他们放一笔贷款。我没答应，他放下卡就走了。"

"他这是赤裸裸的行贿行为，您做得对，拒绝贿赂，令人佩服。”

“那就请你按组织规定处理吧。”

“好的，有了处理结果我告诉您。”

李海天离开华商银行打道回府，他很得意，得意的是自己迅速改变策略，这叫明修栈道暗度陈仓。虽然黎蕊死了，但陆达难过几天就过去了，没有人和钱有仇。他觉得既然陆达收了钱，就会乖乖办事，何况自己还录了音，不怕他翻脸不认账。

苏子青每天都给何强打电话催问恒泽债券一事的进展，何强烦得不得了。这天苏子青又打过来电话，何强乞求地说：“苏总，你放过我吧，我天天在催，可这种事办起来哪有那么快，一有进展马上会告诉你的。”

苏子青不为所动：“这件事年底之前必须了结，欠款必须追回来。”

“这我可保证不了，不知道过程中会出什么岔子。”

“这个案子都惊动了陆行长，陆行长下令必须尽快追回，你说我能不急吗？”

“我理解你的难处，可我也难啊。”

“反正你要抓紧，不然我不会放过你。”

苏子青挂了电话来到江遇舟的办公室：“江总，你看恒泽债券的事怎么办？我天天催何强，也没有结果。”

江遇舟说：“我正想和你商量呢，据我了解，京丰集团负债累累，很可能资不抵债，几笔贷款都已到期，几家银行也都在追贷，在这种情况下咱们的欠款很可能追不回来，所以要想办法把我们的损失降到最小。”

“你有什么好主意吗？”

“我想，一是让何强继续追债，二是请法务部出面向恒泽公司和京丰集团提起诉讼，三是参加京丰集团的债权人会议，联合追债。”

“好，何强这边我继续催着，我马上组织人给法务部提供材料，同时打听一下债权人会议何时召开。”

“好，你去办吧。”

17

代 价

李海天等了两天，没等到陆达的任何消息，也没看到华商银行有任何给他们贷款的举动，却等来了华商银行要起诉恒泽公司和京丰集团的消息，同时收到债权银行要开会联合追债的消息，他气急败坏地给陆达打电话，可依然是无法接通。他想，这回陆达真是要破釜沉舟，跟自己干上了。他是要和自己同归于尽了吗？好吧，既然如此，再等两天，如果还没消息，就把录音交上去，让他趁早玩儿完。

谷树到瓦拉那姆十多天了，刚到的头两天还有点新鲜感，这个地方不远处就是热带雨林，他到雨林的边缘地带转了一转，没敢往深处走，因为人们告诫他，进去之后容易迷路，一旦迷路很难走出来，另外雨林里面有原始人部落，如果冒犯了他们的领地会九死一生。

建设工地只有两排房子，一排是办公室和会议室，另一排是宿舍、厨房和餐厅，两排房子中间是一个简易的篮球场。工地周围没有任何生活设施，只有一家小卖部，卖一些当地的酒、烟和食品。谷树原先以为条件差也差不到哪去，没想到条件竟如此艰苦。他后悔了，根本就不该来这个鬼地方。

白天干工作，时间还好熬，忙起来也就暂时忘了一切，可到了晚上就难熬了，电视没有几个台，语言一句也听不懂。睡觉早了还睡不着，想跟家人朋友视频或语音通话吧，也不方便，当地与北京有七八个小时的时差。最难熬的是周末，连着两天无所事事，闲得要命，他去了一趟首都，但那里也是非常贫穷落后的样子，虽然有几家商店和超市，可商品并不多，他随便买了几样东西就回来了。

如果说艰苦的环境还能忍耐和克服，那么寂寞难耐是无法排解的。平时工作时见到奥塔谷树还能开心一些，奥塔是公司在当地聘用的华人秘书，讲着一口流利的当地语，粤语讲得也不错，普通话则基本不会。她皮肤晒得黝黑，身材前凸后翘、丰满性感，两只眼睛黑亮，笑的时候露出一口洁白而又整齐的牙齿。她虽然是当地华人的孩子，但自由奔放，无拘无束，认为性感是一种美，觉得有人喜欢自己说明自己有魅力，时常还做出一些挑逗式的动作，引起男性的遐想。

奥塔每天像一只美丽的蝴蝶一样，从这间办公室穿到另一间办公室，热情开朗，任何人请她帮忙她都不拒绝并报以微笑。

每当谷树看到奥塔，特别是当她在他面前做出挑逗的动作时，他就心跳加速，几乎不能自持，心中涌出快要按捺不住的冲动。有几次在她扭动肥臀时，他忍不住拍了拍奥塔的臀部，做出猥琐的动作，而她并不躲闪，甚至还配合着他，这使他认为她是一个随便的女孩。

这天，奥塔来到谷树的办公室，她连说带比画地问他有什么需要她帮忙的，说着冲着谷树扭扭肥臀，并妩媚地一笑。顿时，谷树的情欲一下子被挑逗起来，积压多日的荷尔蒙爆发式分泌，他比画着让奥塔跟他走。

他带着她进了自己的卧室，锁上门，然后就抱住她疯狂地吻她。奥塔用力把他推开，然后做了一个手势，意思是不要这样，但谷树此时欲火中烧，在极度亢奋状态下忘乎所以，不顾一切地将她扑倒在床上，奥塔挣扎了好一会儿，挣扎无效后停止了挣扎。

奥塔满脸屈辱的泪水，她起来后穿好衣服，用手指了指谷树，说了一句当地语，然后打开房门，飞一般跑了出去。

谷树觉得身体有些累，就躺到了床上。

没过多久，奥塔回来了，身后跟着她的两个哥哥还有几个壮汉，他们闯进屋子，不由分说地架着谷树的胳膊和腿就往外走。谷树大叫："救命！救命！"

当公司的同事在雨林深处找到谷树时，他赤身裸体被吊在两棵树之间，几个人轮番抽打他，他遍体鳞伤，奄奄一息。

瓦拉那姆虽然是个小地方，相对贫穷落后，但对于罪犯处罚起来毫不手软，尤其对于强奸的犯罪行为更是零容忍，抓住强奸犯后施以鞭刑，即便是有人将其用鞭子打死，也不用承担法律责任，这也是这里犯罪率很低，特别是强奸案极少的原因。

他们费了好大工夫终于说服奥塔的哥哥放了谷树，然后立刻开车送他去医院。但是附近没有医院，只能前往首都。当他们驱车到医院时，谷树已经没有呼吸了。

人不可能没有欲望，但如果没有节制，欲望就是火，就是海，人可能被烧成灰，可能被海水淹没吞噬。女色几乎对所有男人都是诱惑，因此管控好自己的情欲，管好自己的下半身至关重要，否则片刻的欢愉会带来无尽的悔恨，甚至引来杀身之祸。人生的价值，在于你做事的原则和底线在哪里。你的底线托着你的下线，也决定着你的上线。守住底线的意义是，它能够庇佑你，任何时候都不轻易堕落，而且能够逢山开路遇水搭桥。要知道，你在凝视深渊的时候，深渊也在凝视着你。当你放纵欲望的时候，欲望将会吞噬毁灭你。

人要堕落，苍天也救不了你。

噩耗传来，谷树的爸妈、柳芸都歇斯底里地大哭，李海天捶胸顿足地号啕：“是我害了他！是我害了他！”

债权人会议上，大家对京丰集团是债务重组还是破产重组产生了分歧，一方认为京丰集团到期不能偿还债务的原因是资金流动性不足，资金链断裂，但还有大量应收账款有待收回，如果收回全部应收账款，可以偿还大部分债务，所以主张债权人做出让步，延缓债务偿还期限。而另一方则强调京丰集团已经资不抵债，不仅是应收账款的问题，而且经营不善，加上大环境不好，其产品滞销成为常态，相当长的一段时间内无望好转，而现在资产加上应收账款可以基本上覆盖其债务，所以坚持破产重组。

江遇舟发言说：“双方的意见都有道理，但我认为要从三个方面来看。第一，看救企业有没有价值，也就是说还值不值得救。京丰集团所处行业属于夕阳产业，产品过剩，前景渺茫，所以延缓其债务，乃至进一步输血，如同救治一个心脏极度衰竭的人，只是靠外部力量延长其生命是不会长久的。第二，从银行角度来看，我们是负债经营，资金来自广大储户或投资人，我们要对他们高度负责，银行不受损失或少受损失，就是对他们负责的体现。第三，对于企业员工来说，按照破产清偿顺序，首先要支付他们的工资和劳动保险，其次要支付企业所欠的税金，这样无论个人利益还是国家利益都得到了有效的保护。所以我支持破产重组。”

江遇舟的发言引起了大家的热烈讨论，最后一致同意对京丰集团实行破产重组，并且把这一决定告知了京丰集团。

李海天获知债权人会议的决定之后，明白京丰集团回天乏术，气数将尽，他恨陆达不但见死不救，还推波助澜、落井下石，但他拿陆达没有办法，人到了无畏的境地，就什么也不怕了。他在想，明明一把好牌，怎么打得稀烂，以至于到了如此惨不忍睹的地步。尽管如此，他还是心有不甘，不想现在就举白旗，他要做最后的挣扎。

于是他给陆达发短信，请求再见一次面，说有能够将陆达置于死地的东西交给他。陆达本来觉得李海天已经黔驴技穷，根本翻不了身了，看到短信觉得可笑，不过又想看看李海天到底还有什么招数，于是就回复同意见面，地点仍在陆达的办公室。

李海天怀着恨意也带着侥幸心理来到陆达办公室。

陆达精神抖擞，满面春光："海天兄，我想此刻你应该在公司忙着自己的事，怎么还有空到我这里？"

李海天不以为然："公司的事都是小事，陆达兄的事才是大事。"

"哦，海天兄这么关心我，很让我感动。"陆达微笑着。

"你我同学一场，你混到这个位子很不容易，你遇到雷，我怎能袖手旁观、见死不救？"

"哦，原来是这样，那我就有兴趣了，愿闻其详。"

李海天拿出手机，打开录音，传出上次两人谈话的内容。

陆达的脸有点微微变色："想不到海天兄如此下作，专门搞小人的卑鄙伎俩。"

“要不要我把这录音交给纪委？”李海天很是得意。

“就凭录音你能把我怎样？”

“这是你受贿的证据，你抵赖不了。”

“我还真想知道你能奈我如何？”陆达哈哈大笑起来。

李海天看陆达不怒反笑，有点不知所措：“你，你，笑什么？”

“我笑你幼稚可笑。”说完又笑起来。

李海天咬牙切齿地说：“你要不答应我上次的要求，我就举报你索贿受贿。”

“那就随你便吧。”

“难道你不怕？”

“不怕。”

“真的不怕？”

“真的不怕。”

面对陆达的坦然回答，李海天无计可施，坐在椅子上呆若木鸡。

这时，陆达拍拍手：“你们出来吧。”

话音刚落，屏风后面走出了纪委陈书记和纪委干部小刘。陆达问：“录音和摄像都记录下来了吗？”

“都记录下来了。”

李海天吃惊得下巴都快掉下来了。

“海天兄，不要再搞歪门邪道了，赶紧回去处理你公司的事吧。”陆达规劝他。

李海天不知道自己怎么从陆达那里出来的，他耷拉着脑袋，觉得自己就是一只斗败了的公鸡，完败，输得是那么彻底，连一点颜面都没有，完了，彻底完了。

回到公司，他命令下属，向法院申请破产。

在我们的生命中，有很多时候，酸甜苦辣是同时放在一张桌子上的，人不可能永远挑甜的吃，偶尔吃点酸的、苦的、辣的，有助于我们品味人生。在酸甜苦辣的背后，有没有更真实的本质呢？

快到年底了，江遇舟盘点了一下多半年来的业绩，五千亿元的规模基本完成了，收益比上一年增长了30%，只有一笔不良资产，就是去年投的恒泽债券，银行已经起诉恒泽公司了。由于京丰集团有担保责任，法院已经同意走破产重组程序，预计能收回绝大部分债务。

这一段时间，江遇舟是顶着巨大的心理压力在工作，工作强度大仅仅是一方面，更大的压力来自黎蕊不明不白的自杀。虽然可以断定她与陆达有关系，但他没有证据，银行里的同事谁都不和他谈这个话题，大家心里究竟怎么看这件事不得而知。他每天都是以沉重的心情走进银行大厦，虽然和每个人都是笑着打招呼，但那都是表面上的敷衍，其实内心里隐藏着巨大的悲痛。

他想是时候离开了，他想出去，想呼吸新鲜空气，他想换一种生活氛围，换一个生存环境，不然他会憋死，会抑郁，他还想好好活着。

这时那娜敲门进来了，她看见江遇舟低着头在发呆，忙问："江总，一个人想什么呢？"

江遇舟抬起头："你来得正好，我想告诉你，我准备辞职。"

"为什么？"那娜睁大了眼睛。

"我想改变一下自己的生活。"

"这里不好吗？"

"很不好。"

"我觉得很好呀。"

"我一走进这座大厦就头疼。"

"那你是不是身体哪里不舒服，要不要去医院看看医生？"

"我这不是医生能看得了的。"

其实那娜明白江遇舟心里的感受，她每天看着他强打起精神处理各种事务很心疼他，可又不知如何安慰他，更不敢触碰他心中的痛处，现在听他说要辞职，她急得眼泪情不自禁地掉了下来，她很害怕从此再也见不到他了。

"你别走好吗？"她哽咽着求他。

"我已经想好了，不要阻拦我。"他态度坚定。

"遇舟，我喜欢你好久了！不要离开我！"那娜不顾一切了。

"那娜，我知道你是个好女孩儿，跟你共事很愉快，我也很欣赏你的工作能力，但这里真的不再适合我。"

“那你辞职我也辞职，你去哪儿我就追随你去哪儿。”那娜坚决地说。

“你别胡闹，我辞职后不会马上恢复工作，我想调养一段时间。”

“好，我陪着你。”那娜仍不松口。

“这样吧，等我有了新的工作单位，马上告诉你，行不行？”

“真的吗？你不骗我？”

“真的，我向你保证。”

“要是骗我，绝不饶你！”那娜终于破涕为笑了。

“好了，擦擦眼泪，出去把苏总叫来，别让人以为我欺负你了似的。”

那娜用面巾纸仔细擦干了眼泪，冲着江遇舟笑了笑打开门出去了。

不一会儿，苏子青三步并作两步，快速走了进来，嚷嚷道：“江总，你疯了，辞什么职啊！”

“别劝我，我主意已定。我叫你来就是和你说一声，交代交代工作。”

“你真的决定了吗？”

“是的，我准备推荐你当总经理，你可别让我失望啊。”

“你看我行吗？”

“怎么不行，这么长时间我眼瞅着你不断进步，都超过我了。”

“江总说笑了，我还不是跟着你学习，才有一点点进步。”

江遇舟说：“好了，明天我就交辞职书了。临别送你几句话：相信是起点，信念是支撑点，坚持是终点。首先要相信自己的能力，然后对自己所做的事情要有百分百的信心，最后坚持到成功。”

“好，我记住了。请你吃个饭吧，早就想请你，一直没有机会。”

“好，恭敬不如从命。”

江遇舟递交了辞职书之后，觉得轻松了许多。

办完辞职手续的当天晚上，他和苏子青约好了一起吃饭。吃饭时，苏子青小心翼翼地挑选着轻松的话题，生怕一不小心引起江遇舟的联想和不快。

苏子青说：“我总结了一下，资管部总经理都干不长，这莫非成了魔咒了。你看前两任分别干了一年多就被调离了，谷树主持工作半年多，你来了不到一年辞职了，看来下一个离开的就是我了。”

江遇舟听闻挤出一点笑容：“这说明资管部总经理不好当啊，但是我相信你会打破这个魔咒的。”

“我也未必。就是谷树太悲剧了，你说他不是送死去了吗？”

“这怨不得别人，还是他自己不够好，要不怎么那么多人都去过非洲工作，就他一个人出事呢？看来自我控制很重要，不能放纵自己由着性子来，做人做事要有底线，没有底线就危险了。”

“你说得对，人都想把握别人，其实把握自己最重要。”

“好了，咱们不说谷树了，说说叶桐和何强吧，他们谈得怎么样了？”

“两人相处得很好，甜甜蜜蜜的，叶桐过去单着的时候，整天约我，现在有了何强，都没工夫理我了。”

“他们快结婚了吧？”

“也许吧，何强早就买了婚房，现成的，说结就结了。”

“那你儿子上幼儿园怎样了？”

“还在那儿上，没受影响。”

“这就好。”

就这样，他们聊了很多，聊了很久。

18

再起航

辞职之后，江遇舟没有马上找工作的打算，他需要一段时间让自己冷静，需要从阴影中走出来。原先每天忙忙碌碌，工作占据了大部分时间，无暇想其他，而闲下来之后整天胡思乱想。从黎蕊出事那天起，睡眠一下子变得不好起来，要么入睡困难，要么就是从睡梦中惊醒。看电视时，心思根本就不在播放的内容上，思绪不知飞到了哪里。他觉得这样不行，于是在网上买了一堆书，强迫自己每天阅读，把注意力放到学习上，以缓解自己的不安情绪。他读了好几本最新出版的关于资产管理、基金业务的书籍，对后来的工作有很大的帮助。

这段时间里他冷静下来认真反思了他和黎蕊的婚姻。黎蕊的悲剧他是有很大责任的，当时他们结婚后，他觉得已经抱得美人归，往后就是好好赚钱养家，而疏于与黎蕊精神上的交流，没有关心她精神上的需求，这样才导致了陆达的乘虚而入，使她走向了背叛。而自己也没把持住自己，也走向了背叛之路。人们说包容是婚姻的秘诀，其实远远不够，关心和体贴才是婚姻保鲜更重要的因素。婚姻是两个人的结合，而两个人其实都是不完美的。双方都有过错，彼此都在感情上背叛和伤害了对方，伤害到了他们的婚姻。忠诚是婚姻的基本条件，如果他们彼此忠诚，不去伤害对方，这份婚姻才有长久的可能，而事实上他们都自觉或不自觉地选择了伤害另一方，实际上已经形同陌路，那么即便黎蕊不选择离开这个世界，他们的婚姻也不可能幸福了。

是啊，把婚姻当成爱情关系的终点，是非常危险的，这种想法会让你松懈，让你偷懒，让你不再重视和珍惜对方以及彼此的关系，最终婚姻就像一潭死水，不再滋养彼此。现在的婚姻好像很脆弱，经不起考验，离婚的人很多，婚姻不幸福的人更多，背后一个重要的原因，就是彼此有太多伤害，而且这些伤害往往都是严重的、致命的，是无法复原的。江遇舟不知道如果时光倒流，他还会不会做原来的选择。

事实让他认识到，婚姻需要彼此融入对方的世界，去感受爱和温暖，这样的陪伴才是精神世界里的相互交融和碰撞。最好的爱，走到最后，其实是心灵上的信赖和善解，是最真实的自己找到了另一个完美相配相契的自我。

江遇舟整日把自己关在家里，不主动与朋友们联系，基本上不与外界交流，朋友们见到他这样，也不好打扰他。

那娜隔三岔五打来电话，关心他的状况。她劝说他不能这样足不出户，整天憋在家里会出毛病的，并且建议他调整一下家里的家具摆设，以免触景生情、睹物思人。他接受了那娜的建议。小心翼翼地取下挂在床头上面的结婚照，仔细擦去灰尘，装起来，放到隐秘处，心中默默地祝福她在天堂一切安好，把曾经的美好记忆封存在了心底。家中一切东西重新调整摆放之后，的确感到环境有了变化，沉重的心情一下子放松了许多。

做完这些之后，他想出去走走。他忽然想起很久没去看老爷子了，于是就开车去了老爷子家。老爷子正在打太极，看见江遇舟进来就示意他坐下等候。江遇舟看着老爷子一招一式打得很是认真，不由得暗暗敬佩。

老爷子打完了最后一个招式，脑门微微出汗，边擦汗边说："小舟啊，今天又不是周末，怎么有空来我这里？"

"想您了，自然就来了。"

"不对，你是那么热爱工作的人，怎么会上班时间来看我这个老头子？"

"那我就不瞒您了，我辞职了。"

"哦，辞职的原因是什么？"

"想换个环境。"

"到底出什么事了？"老爷子关心地问。

江遇舟看老爷子这么关心自己，索性就不隐瞒了，竹筒倒豆子般地把最近发生的所有事情都告诉了老爷子，说到伤心处还不禁落了泪。

老爷子听后很愤怒："陆达作为党的高级干部，这么肆无忌惮，简直玷污了共产党员的称号，他一定没有好下场。"

江遇舟无奈地说："他又升官了，听说刚刚被调到另一家大银行当了党委书记兼董事长，权力比以前还大。"

老爷子更加气愤："什么，还升官了？这简直没有王法了！"

"您老别生气了，反正我们无能为力，也管不了，别气坏了身子。"

老爷子"哼"了一声，转而又关心起江遇舟："小舟，那你找到新工作了吗？"

"还没有去找，也没想好再干什么。"

"走人生的路就像下围棋，有时，弃子或局部放弃，也是经营人生的一种策略，是人生的一种大智慧，不过，这需要勇气、胆识和智慧。我相信，你年轻，有知识、有文化，有能力，你是个人才，说不定有一份更好的工作在等着你呢。"

"希望如此，借您的吉言。"

"男人的一生，站得高不高，走得远不远，我认为取决于能否遇到个好女人。不要贪图外貌漂亮，放下虚荣心，男人的身边如果有一个贤淑温柔、善解人意的好女人，是一生最大的福报！你是江遇舟，不要悲观沮丧，你会遇到一个真心爱你的好女人的。"

"谢谢您老的教诲，我铭记在心。"他觉得每一次来看老爷子都能收获很多，特别是人生的感悟和做人做事的道理，满满的正能量。

聊了好一会儿，江遇舟觉得时候不早了，就起身告辞。

看着江遇舟离去的背影，老爷子略有所思，转身进屋给那嘉打电话："那嘉，你那天说有个公募基金公司让你推荐一个 CEO，我看小舟很合适。"

"我也觉得他很合适，可他在华商银行干得很好，未必愿意跳槽啊。"

"这你别担心了，他已经辞职了。"老爷子把事情简单说了一遍。

"好，既然如此，我就推荐他去做 CEO 吧。"

老爷子挂了电话，很高兴自己做了一件帮助江遇舟的事情。

从老爷子那儿出来后，江遇舟心情好了许多。这些日子以来，江遇舟是第一次完完整整地把自己遭遇的事情讲给别人听，他觉得心里舒坦多了。心理学中一个重要的排解压力的方式就是倾诉，一个人把痛苦、焦虑、担心讲出来，就能卸掉心中的压力和包袱，变得轻松起来。

他领悟到：心平了，要走的路，要见的人，要做的事，即便未来不可知，也能自得其乐。心静了，路过的地方，看过的风景，错过的人，即便心有遗憾，也不会自怨自艾。在此之前，他感觉自己好像得了场大病，浑身上下不舒服，特别是精神不能集中，只要一集中，黎蕊的影子就会出现在眼前，心里有种扎心的痛。理智告诉他应该放下，不能永远活在过去，他应该向前看，可是对于他来说放下真的很难，毕竟他们是多年的夫妻，生活中的点点滴滴，嵌印在脑子里挥之不去。他知道老爷子说得对，不能任由自己的这种状态长久下去，不然自己就毁了，他要努力改变自己的这种状态。

首先要正常吃饭，人是铁饭是钢，江遇舟忽然觉得饿了，好几天没好好吃顿饭了，今天要大吃一顿。他来到新开张的“游园京梦”，这是一家淮扬菜馆，点了响油笔杆青、太湖手剥河虾仁、招牌江南小牛肉，还要了松茸竹荪鸽蛋汤，外加一碗米饭。他津津有味地吃了个精光。然后去了一家KTV，要了一个小房间，唱了整整三个小时，特别是唱到当红歌手的两首歌时，他深有感触，情不自禁地泪流满面，改编了歌词唱了起来：

挡不住花开花落，
留不住往日时光。
昨天的英俊潇洒，
昨天的花容丽靓，
昨天那个黑发少年，
昨天那个豆蔻少女，
如今天各一方只剩下追忆过往。
昨天的美丽光环，

昨天的荣耀时光，
昨天的激情澎湃，
昨天的雨雪风霜，
如今还历历在目黯然神伤。
曾经爱过、恨过、哭过、错过、悔过，
不知前方的路有多长。
人生苦短，
儿女情长，
我是一片秋叶，
时间长河里有一朵桃花为我绽放！
……

人生旅途，
时常经风雨，
若你胆怯，
勇敢无人替，
如你软弱，
坚强没有你。
天有不测风云，
人有福祸旦夕。

明天和意外谁先到，
世事无常始难料，

喜怒哀乐，
自斟自饮，
悲欢离合，
冷暖知。

路要一人走，
求人不如己，
莫等风暴过后，
才修屋漏，
不要待沧海横流，
方想筑堤，
未来路长，
烈马扬蹄。

宣泄过后他觉得自己的心情好了许多。就在这时，手机响了：“喂，您是江遇舟先生吗？我是新诺亚基金的 HR，您明天有空来我们公司吗？我们董事长想见您。”

江遇舟一时不知所措：“董事长见我何事？”

“我们公司一直在寻找一个 CEO，但一直没有找到，今天您的朋友向董事长推荐了您，所以董事长想尽快见到您。”

江遇舟犹豫了一下，说“那好吧，明天上午十点吧。”

“好的，谢谢您！”

江遇舟挂了电话马上上网查新诺亚基金的资料，它是一家刚刚进入全国排名前二十的公募基金公司，股东背景强大，资金雄厚，前任CEO因个人原因三个月前辞职，此后公司CEO一直空缺，其间面试了许多人，但董事长一个都不满意。

江遇舟想这么巧，刚想到工作的事，工作就自动找上门了，自己哪来的这么好的运气，推荐自己的那个朋友是谁呀，明天要问个究竟。

第二天，江遇舟准时到了公司，董事长在自己的办公室接待了他，只问了他一个问题："什么时候能来上班？"

江遇舟想了想说："感谢董事长的赏识，这份工作的确很适合我，但我还有一些个人的原因不能马上来上班，请您谅解。"

董事长思索了一下说："那你多久能来？"

"一个月后吧。"

董事长考虑了一下，然后点点头："那就说定了，一个月后你来上班。"

江遇舟说："好。"

谈完，董事长就带着他看了CEO办公室，工作区等，然后又回到自己的办公室，然后董事长问他："江总，你有什么问题和要求吗？"

"我只有一个问题，就是能告诉我是谁推荐的我吗？"

"是你的一个好朋友，一个有影响力的朋友，但他要求我不能告诉你他是谁，我得为他保密，请你原谅。"

江遇舟越发好奇，这个朋友真够意思，做了好事还不留名，以后说不定就会知道了，于是不再追问。

江遇舟这么快就有了新的工作，自然很高兴，但目前自己的状态能否胜任还很难说。放下一段感情的最佳方式是开始一段新的恋情，他想该见见路易莎了。人这一辈子，可能会爱上不止一个人，也可能会不止一次地择一人而终老，但每一次的恋爱都是上天的恩赐，一定要格外珍惜，前车之鉴，后事之师，不可重蹈覆辙。

他开车到了语言学校，路易莎还没下课，他就在教室外面的走廊等她。这时，他想起了他们在剑桥读书的情形，无论谁先下课都不会自己先走，总是要等另外一人下了课一起手挽手往回走。学校是块净土，学生们思想单纯、生活简单，没有社会上的人那么复杂，在这种环境下，学生们的情感生活也比较纯粹，完全是因为爱情才在一起。他庆幸和路易莎是在这种环境下相爱并走到一起的，他们的感情是真挚的。

路易莎下课走出教室，没想到江遇舟在等她，她喊着“舟”，扑到了他的怀里。她不停地说：“你为什么这么久才来看我，你是个坏孩子。”

江遇舟紧紧地拥抱她：“对不起，我该早点来。”

路易莎轻轻推开他，从头到脚打量着他：“让我看看你有什么变化。咦，瘦了，人有点憔悴，但还是很帅。”

“我挺过来了，路易莎，我战胜了自己。”

路易莎摸着他的脸：“我相信你会好起来的。”然后挽起他的胳膊，“咱们走吧。”

两人来到了路易莎的宿舍，路易莎说：“舟，你今天来仅仅是为了看看我吗？”

“当然不是，我已经想好了，我要和你在一起，你愿意吗？”江遇舟说完眼睛盯着路易莎。

路易莎严肃地说：“对不起，我有男朋友了。”

江遇舟大吃一惊：“啊，你什么时候有的，是真的吗？”

“是真的。”

江遇舟一下子急得脑袋冒汗，非常失望地看着路易莎。

这时，路易莎“扑哧”一声笑了起来：“你看你还当真了，我是骗你的。”

江遇舟这才回过味来：“你骗我，你太坏了！”

“我就是想看看你是不是真的爱我，你今天的表现及格了。”路易莎说完哈哈大笑起来。

江遇舟假装生气板起脸来。

两人闹够了，江遇舟说：“你每天都要上课，有时晚上还有课，住在学校比较方便，我周五下班后来接你，你在我家过周末好不好？”

“就过这一个周末是吗？”

“不，每一个周末。等你放假我还要带你出去旅游，好好观赏中国的大好风光。”

路易莎开心地说：“太好了，我太幸福了。”

江遇舟看着她高兴的样子，也咧开嘴笑了，他好久没有这样开心了。

很多时候，世间的相遇、相知或相离，在故事开始的时候结局就已经注定了。你会遇见谁，和谁在一起，其实早就命中注定了，所有的结局，都是早已写好的。

滚滚红尘，谁的人生，不是一边迷茫，一边成长。谁的爱情，不是一边错过，一边遇见。谁的人生，不是一边挣扎，一边劫后余生。人生之歌，初闻不知曲中意，听懂已是曲中人。

人就是这样，心里的世界常常比外面的世界更拥挤，更繁杂。不是计较别人不在意自己，就是计较自己太在意别人；不是计较自己对这个世界太深沉，就是计较这个世界对自己太薄情。其实，千万条的路，千万次的选择，成全了千万种人生。而岁月总是把最美的梦编织在路上，把最痛的心也留在路上。

人生，没有纯粹的甜和苦，总是苦里藏着甜，甜里含着苦；人生之路，也不是一路笔直，而是笔直与曲折不断地交替。生命的珍贵与美丽，就在于懂得顺应自然，于曲折之中走出自己独特的人生之路。

一个月后，江遇舟走马上任。

苏子青被任命为华商银行资产管理部总经理。

那娜从华商银行辞职，加入新诺亚基金公司，担任行政总监。

六个月后，陆达因严重违纪违规被撤销党委书记和董事长职务，行政级别降到正处级，提前办理退休。李海天没有举报他。

后　记

岁月总是如此匆匆，昨日满径花香，今日已被世风吹散了芬芳。

《笃赢金融》是继《征战金融》和《芳履金融》之后创作的第三部金融题材小说。写《征战金融》的目的是要创作一部小说，写《芳履金融》的目的是独立创作一部小说，而《笃赢金融》这部小说创作的目的，则是想尽可能地讲好一个金融故事，无意之中构成了金融三部曲。

每一部小说的创作感受都是不一样的。创作《征战金融》时，由于没有小说创作经验，连能否达到出版标准的把握都没有，当责任编辑告诉我可以出版了时，我才知道原来需要写到这个样子才能出版。创作《芳履金融》时，因为有了一些经验，所以能够在人物刻画、事件描述上发挥自如。而创作这部小说带给我的是快乐，与其说是我创造了角色，不如说是书中的角色滋养了我，他们开心，我也开心，他们痛苦我也随之痛苦，我融入到角色之中，甚至晚上做梦都梦到他们，我真正享受到了创作的乐趣。

金融这个行业人们既熟悉又陌生，而金融人的故事同样也是这样。我作为一个有三十多年经验的金融从业者，这个行业滋养了我，我现在以小说的形式回馈它，感到无比自豪和欣慰。

欣然于这样一种日子，独坐于岁月一隅，计算机键盘流淌着阳光的美好，捧着一缕岁月的暖香，夕阳下，轻拥落日余晖的绚丽，窗外是红尘喧嚣，心中却是风轻云淡。

书中的人物和事件都是虚构的，如有雷同，纯属巧合，切勿对号入座。

希望有越来越多的读者喜欢我的小说，我也会努力创作出更多好的作品奉献给大家。

最后，一定要特别感谢我挚爱的妻子，在我创作这部小说的过程中，她一如既往地给予我灵感、思路，帮我编排故事情节，没有她的帮助，我的创作不会如此顺利。谢谢你，我的老婆！

杨文朴

2020 年 9 月 7 日于北京